KB120388

글쓰기-생각하기-세상읽기

글쓰기-생각하기-세상읽기

하경숙 저

學古房

서 문

　미국 작가 브래드버리(1920~2012)는 "글쓰기는 어렵고 고통스러운 작업이다. 그럼에도 불구하고 계속해서 글을 써야 한다."라고 강조했다. 글쓰기는 많은 사람이 당면한 과제다. 생각을 글로 표현하는 일의 시작은 늘 힘들고 고통스럽다. 그렇다고 포기할 수는 없다. 글쓰기는 우리의 사고를 정리하고, 타인과 소통하는 중요한 도구이기 때문이다. 글쓰기를 통해 우리는 자신을 표현하고 세상과 연결될 수 있다.

　글쓰기는 우리 사회에서 여전히 열광하고 있는 의사소통 도구이다. 시대적 상황과 아울러 글쓰기는 특정인의 전유물이 아니라 모두가 사용하는 소통의 방법으로 자리매김하고, 우리의 교육에서 지속으로 강조되고 있는 부분이다. 글쓰기 교육은 논리력과 창의력, 상상력을 길러 성숙한 사유를 지닌 지성인을 만들고자 하는 교양적 목표와 모든 지식 행위의 기초가 되는 바른 글쓰기를 유도하는 도구적 목표를 동시에 실현해 나가야 한다.

　개인이 지닌 감정, 생각의 표현을 지금의 현대인처럼 강력하게 나타내는 시절은 일찍이 없었을 것이다. 이러한 개인의 감정과 생각을 나타내는 방법으로 '글쓰기'를 선택하고 있다. 글쓰기는 편리하여 자신의 생각을 표현하기에 매우 용이하며, 우리 시대의 가장 큰 스펙으로 자리

4

매김하였다.

과거 농경사회나 산업사회는 지식의 양과 정확도가 평가의 기준이었다. 그러나 지금처럼 방대한 지식 사회에서는 지식을 활용하고 재창조하는 능력이 필요하다. 전통사회에서는 글쓰기가 지식인 고유의 산물이었다면, 지금의 시대에는 모두가 글쓰기를 하는 시절을 살고 있다. 현실에서 우리는 모두가 정보를 창조하고 유통하고 있는 전달자이다. 정보의 홍수에서 진실로 의미 있는 정보를 취사선택하기는 쉽지 않고, 이러한 능력이 필수적이다.

글쓰기는 고도의 자기표현의 도구이자 의사소통의 창구이다. 말하기는 자신의 생각을 정리하고 표현하며 정확하게 전달할 수 있는 가장 확실한 방법이다. 다양한 미디어와 소통의 창구가 등장하고 확장되었지만 그럼에도 의사소통의 가장 본래 방법인 글쓰기와 말하기가 여전히 강조되고 있고, 사람들은 열광하고 있다. 이제는 다양한 곳에서 자신의 생각을 간결하고, 설득력있게 표현해야 한다. 이에 글쓰기와 말하기의 방법을 정확히 익혀 더욱 넓은 시선을 갖고 소통할 수 있어야 한다.

이 책은 다음과 같은 순서로 구성되어 있다.

1장에서는 창의적 글쓰기의 기초를 설명하고자 하였다. 일상에서 사용하는 글쓰기의 의미와 특징을 살펴보고, 글쓰기에 대한 막연한 두려움을 없애고 새로운 시선을 갖는 방법을 구체적으로 모색하고 있다.

2장에서는 좋은 글의 요소와 목표를 제시하였다. 본격적인 글쓰기의 절차를 알아보고, 각 단계로 중요한 내용들을 정리하고, 글쓰기 전략을 수립하도록 하고 있다. 목적이 분명히 드러나는 글을 쓸 수 있도록 방법을 제시하는 한편 글쓰기에서 자신감 획득을 목표로 하고 있다.

3장에서는 창의적 사고와 스토리텔링을 설명하였다. 실생활에서 우리가 접하는 창의적인 사고들과 아울러 이를 발전할 수 있는 과정을 점검해보도록 한다. 또한 지금의 현실에서 스토리텔링이 갖는 의미를 정확히 이해하고, 주변에서 다양하게 활용하고 있는 기법들을 찾아보도록 한다. 이는 다양한 글쓰기의 기초를 다지는 작업의 과정이다.

4장에서는 자기성찰의 글을 본격적으로 작성하도록 하였다. 이는 앞서 2장에서 글쓰기의 절차와 전략을 정리한 것을 바탕으로 본래 자신의 모습을 찾아보도록 한다. 또한 이를 계기로 새로운 자기의 모습을 찾고, 더 나은 삶에 대해 고민해보는 시간을 갖는 데 중점을 두었다. 다양한 학습활동을 제시하여 소재와 주제를 발굴하는 연습을 해보도록 하였다.

5장에서는 우리가 실생활에서 자주 틀리기 쉬운 어법을 점검하고, 올바른 언어습관의 중요성을 알고 이를 함양하도록 하였다.

6장에서는 SNS시대 글쓰기의 방법에 대해 살펴보고 매체에 맞는 글쓰기 방법에 대해 점검하고자 했다. 이를 통해 온라인에서 자주 노출되고, 호응을 얻을 수 있는 글쓰기에 대해 구체적으로 살펴보고 실습하도록 하였다.

7장에서는 협력 글쓰기의 방법을 제시하였다. 이 시대에 필수인 공유와 협업하는 방법을 중심으로 글쓰기의 전략을 찾고자 하였다. 공유와 협업을 함으로써 얻을 수 있는 장점과 단점을 구체적으로 살펴보고 상황에 맞는 글쓰기를 작성하고자 하였다.

8장에서는 말하기와 3분 스피치의 방법을 알고, 실제 학습활동을 통해 익히고자 하였다. 말하기의 두려움에서 벗어나기 위한 준비와 연습의 필요성을 익히며 이를 통해 자신의 목표에 알맞은 발표를 할 수 있도록 제시하였다.

9장과 10장에서는 대학생을 대상으로 실용적인 글쓰기 방법을 점검하는 것을 목표로 하였다. 대학생들이 실생활이나 학교생활에서 필요한 자기소개서와 보고서의 방법을 익히고, 자신의 상황에 적합한 글쓰기를 할 수 있도록 상세히 설명하고 있다.

이 책을 통해 대학생활에 반드시 필요한 다양한 글쓰기의 방법과 전략을 익히고, 두려움에서 벗어나 글쓰기에 대한 자신감을 회복하기 바란다. 글쓰기는 지루하고 어려운 작업이 아니라 우리 자신을 효과적으로 표현해주는 가장 아름다운 도구라는 것을 기억했으면 한다.
특히 이 책을 준비하면서 고전문학 연구자로서의 삶과 글쓰기 선생으로의 모습을 성찰하게 되었다. 앞으로도 교학상장(教學相長)을 마음에 품고 부지런히 공부하고자 한다.

삶의 구심점과 희망이 되어 준 학생들에게 감사와 축복의 말을 전한다. 또한 이 책을 통해 학생들이 성공적인 대학 생활과 밝은 미래를 준비하는 계기가 되었으면 한다.

이 책을 출간하며 오랜 시간 동안 든든한 힘이 되어 주었던 많은 연구자 선생님과 은인들, 소중한 사람들의 마음을 다시 살펴보게 되었다. 진심으로 감사의 말씀을 드린다. 유난히 길고 지루했던 한여름의 열대야 속에 책이 완성될 수 있도록 특별한 영감과 많은 도움을 주신 조규익 교수님께 감사의 인사를 올린다. 촉박한 일정에도 불구하고 특별한 애정과 헌신을 보여주신 학고방 출판사에 깊은 감사의 마음을 전한다.

글쓰기를 통해 자신의 삶을 디자인하고, 새로운 세상을 만나며, 세상의 빛이 되기를 진심으로 기원한다.

2023년 8월 23일
저자 하경숙

목 차

01 창의적 글쓰기의 기초

1. 글쓰기의 필요성과 이해

우리는 지금까지 다양한 형태의 글쓰기를 해왔고, 대학을 다니는 현재에도 하고 있고, 앞으로 살아가는 동안 지속적으로 글을 쓸 것이다. 글쓰기를 배워야 하는 이유는 나를 둘러싼 현대의 사회가 다양한 글쓰기를 요구하고 있기 때문이다. 대학을 다니는 동안 보고서나 제안서를 작성하고, 졸업을 위해서 논문을 작성하기도 한다. 또한 다양한 대외활동을 위해 자기소개서를 준비하기도 하고, 프로젝트 수행을 위해서 계획서를 작성하기도 한다. 앞으로 졸업 후 취업을 하게 되면 사회에서는 더욱 강도 높은 글쓰기가 필요하다. 이러한 현실은 글쓰기에 대한 요구를 더욱 강렬하게 하고, 적극적으로 수행하기 위해 우리는 많은 연습이 필요하다.

현실을 살아가는 우리는 스스로 글을 써야 할 때가 참으로 많다. 다이어리나 일기를 작성하거나, 다양한 온라인 글쓰기 등을 한다. 동아리 활동을 하며 글을 올리거나 블로그나 인스타그램, 페이스북과 같은 SNS에 포스팅을 하며 글을 쓰게 된다. 그냥 평상시와 같이 써도 무방하지만 조금 더 효율적으로 표현하고 싶은 욕심은 '글쓰기'에 대해 더욱 고민하게 만든다.

대학에서의 글쓰기를 통해 궁극적으로 학문적 기초를 쌓을 수 있는 기반이 된다. 대학 생활에서의 글쓰기를 통해 의사소통 능력과 함께 창의적 문제를 해결하는 한편 자원·정보·기술을 활용할 수 있는 능력을 배양할 수 있다. 아울러 자기개발 역량 및 팀워크 역량 등을 키울 수 있다. 대학에서 다양한 전공 학과의 학문 분야에 대해 배우고 익히는 과정에서 중요한 정보와 자료를 수집하고 분석, 활용하는 모든 과정에서 글과 관련한 의사소통능력은 필수적이다.

대학 생활에서 글쓰기는 중요한 위치에 자리한다. 과제 보고서, 실험 보고서, 논술, 제안서 등은 대학생이 여러 과목 수업을 통해 기본적으로 필요한 글쓰기이며, 이는 대학 생활 동안 지속적으로 작성해야 한다. 대학에서의 글쓰기는 자신의 생각과 경험, 조사한 자료의 분석 내용 등에 대해 구체적으로 표현하고 다른 사람들에게 올바르게 전달하여 좋은 성과를 거둘 수 있도록 하는 것이 중요하다. 이 과정에서 대학생들은 글을 통해 학문적 자료와 미디어 등을 다양하게 활용하면서 자신의 생각과 속한 여러 세계에 대한 이해를 효율적으로 드러내고, 다른 사람들과 소통할 수 있는 방법에 대해 익힐 수 있다. 그러므로 대학에서의 글쓰기는 개인의 성장을 위한 목적 뿐만 아니라, 다른 사람들이나 집단과의 원만한 교류를 위해서도 자주 활용될 수 있다.

1) 글쓰기는 나의 힘

글쓰기 능력은 스펙을 뛰어넘는 힘이 있다.
미래에는 글쓰기가 핵심 역량이다

- 피터 드러커 -

우리는 '스펙'이라는 말을 중요하게 여기는 시대를 살고 있다. 스펙이란 직장을 구하는 사람들 사이에서, 학력·학점·토익 점수 따위를 합한 것 등 서류상의 기록 중 업적에 해당되는 것을 이르는 말이다. 사람들은 스펙을 쌓기 위해 다양한 공모전에 도전하고, 인턴제도에 지원하기도 한다. 또한 자격증 취득과 토익점수를 올리기 위해 주야로 애쓴다. 이러한 현실에서 무엇보다 글쓰기를 가장 중요한 스펙으로 손꼽을 수 있다. 글쓰기 능력을 갖춘 사람들은 자신의 생각을 정확하게 표현할 수 있고, 타인에게 전달할 수 있기 때문이다.

요즈음 기업에서는 다양한 문제에 접근할 수 있는 창의성과 문제해결 능력을 지닌 인재를 필요로 한다. 문제를 정확하게 파악하고 해결할 수 있는 능력을 표현하기에는 글쓰기가 가장 적합하다. 글쓰기를 통해 처한 상황을 분명하고 정확하게 분석하여 쉬운 글로 잘 설명할 수 있어야 한다.

우리는 너무나 익숙한 것은 당연하다고 생각한다. 늘 밥을 먹기 때문에 끼니의 소중함을 잊을 때도 있다. 글쓰기도 이와 같다. 사람은 누구나 글을 쓰며 산다. 글을 통해서 자신의 생각을 표현하고 의사소통한다. 이메일, 폰메일, 기획서, 제안서, 보고서, 리포트, 프레젠테이션 슬라이드 등등 하지만 우리는 별다른 자각 없이 일상에서 글쓰기를 하고 그 중요성을 생각하지 못할 때가 대부분이다. 대학을 다니면서 보고서를 작성하고 발표해야 한다.

글쓰기는 우리 사회에서 어떤 분야를 막론하고 모두가 사용하는 의사소통 방식이다. 우리나라의 경우 문자를 모르는 문맹(文盲)률은 현저히 낮지만 정작 정확한 글을 쓸 수 없는 사람들은 많다. 모두가 글은 알지만 자신의 상황을 정확하게 표현할 수 있는 글을 쓰는 것이야말로 지금의 현실에서 가장 큰 경쟁력이라고 할 수 있다.

우리 사회에서 대학을 들어가기 위해서 혹은 원하는 기업에 입사를 하기 위해서 필수적으로 자기소개를 작성해야 한다. 후에 직장에 들어가게 되면 업무 대부분이 문서작성과 이메일을 통해서 이루어진다. 다시 말해 업무의 대부분이 글을 통해 이루어지며 협업은 필수적이다. 이러한 우리의 현실에서 '글쓰기 능력'은 가장 최고의 스펙이며, 누구나 필수적으로 갖추어야 할 '성공의 요소'이다.

글쓰기가 중요한 이유 중 하나로 글은 글쓴이의 다양한 면모를 여실히 드러낸다는 점을 꼽을 수 있다. 사람들의 글을 읽다 보면 그 사람이 지닌 다양한 생각, 통찰력, 지적 수준이 선명하게 나타난다. 글은 쉽게 지워지지 않는 기억으로 남아 그 사람을 판단하거나 평가하는 지표가 되기도 한다.

글에는 그 글을 쓴 사람의 특징이 담겨 있다. 성격과 태도는 말할 것도 없고 장·단점, 생각의 깊이, 현재의 감정 상태와 과거의 경험, 열정, 삶의 방향 등이 문장을 통해 자연히 전달된다. 글에는 그 사람만이 지닌 고유한 품성이 드러난다.

2) 글쓰기는 누구나 가질 수 있는 지식 자산

글을 쓸 줄 알면 이로운 점이 많다. 앞서 말한 대로 듣기·말하기·읽기가 전제되어야 한다는 점에서 커뮤니케이션 능력을 향상할 수 있다. 이를 좀 더 확대해 보면 듣기와 읽기는 다른 사람과 나의 관계 혹은 세상의 변화에 민감해지고 다방면에 걸쳐 필요한 지식을 쌓을 수 있게 해준다. 말하기는 자신의 생각과 느낌을 분명하게 밝히고 사람들과 소통을 가능하게 한다. 그 모든 것의 결과로 글을 쓸 줄 안다는 것은 생각이 넓고 깊고 분명한 사람이 되는 길이다.

- 김지영, 『글 쓸 줄 아는 사람이 되라』, 21세기북스, 2013, 66쪽. -

작가 김지영은 "사람이라면 누구에게나 인품이 있는 것처럼 모든 글에는 글품이 있다. 인품을 갈고 닦을 수 있는 것처럼 글품도 마찬가지다. 훌륭한 인품을 갖게 되는 길에 정답이 없듯 좋은 글품을 쌓는 방법도 사람마다 다 다르다. 그저 자신에게 가장 좋은 방법을 찾으려고 노력할 뿐이다. 그리고 그 노력은 결코 다른 사람이 대신해줄 수 없는, 전적으로 자기 훈련이다."라고 설명하고 있다.

글쓰기는 결코 다른 사람이 대신해줄 수 없는, 전적으로 자기의 노력의 대가이다. 글쓰기는 문자를 통해 이루어지는 의사소통 도구로 그 뜻을 해석하기가 말하기에 비해 훨씬 어렵다. 그래서 읽는 사람이 수용하는 상황도 제각기 다르다. 같은 내용을 전달하더라도 말로 주고받는 것과 글로 주고받을 때의 반응은 매우 다르다. 하지만 그 과정에서 짧은 문장으로 인해 오해가 발생하고 관계의 단절이 생기는 경우를 많이 보았다. 이런 이유로 글쓰기를 두려워하기도 한다.

그만큼 눈으로 보고 머리에서 기억하는 문자의 효과는 매우 강렬하다. 글쓰기가 지닌 이러한 특징은 글을 쓰는 사람이 무한한 책임을 갖게 하지만 동시에 무한 가능성을 허락한다. 모든 것을 스스로 판단하고 작성해야 하지만 바로 이러한 이유가 글쓰기의 큰 장점이기도 하다.

인품을 쌓는 것이 하루아침에 저절로 이루어지지 않는 것처럼 글품을 쌓는 것도 어느 날 갑자기 되는 일은 아니다. 시간과 열정을 투자한 사람만이 글품도 가질 수 있는 것이다. 물론 쉬운 일은 아니다. 자신에게 맞는 방법을 찾기까지는 몇 번의 실패와 나아지지 않는 자신에 대한 실망도 경험할지 모른다. 하지만 무언가를 자기 것으로는 만드는 과정에는 크고 작은 고비가 있게 마련이다. 그걸 넘어서야 한 단계 업그레이드가 되는 것이다. 어느 정도 하다 보면 글쓰기의 즐거움, 글의 효과 같은 '글맛'을 알게 된다. 그 다음부터는 글쓰기가 훨씬 수월하게 느껴진다.

인품을 쌓는 것이 학식이나 재력과 무관한 것처럼 글품을 쌓는 것도 누구나 할 수 있다는 사실이다. 들이는 노력만큼 반드시 보상이 돌아온다. 어떤 일을 하든 글을 쓸 줄 안다는 것은 절대적으로 유리하다. 별다른 돈을 들이지 않고 시간과 노력만 필요하다는 점에서 글쓰기는 자기계발의 최고 수단이기도 하다. 많은 이들이 글을 잘 쓰고 싶지만 어떻게 해야 할지 모르겠다고 말한다. 그런 사람들의 절대 다수는 필요에 의해서 글을 쓸 뿐, 자발적으로는 글을 쓰지 않고 있을 것이다. 사람들은 글이 잘 써지지 않는다, 글을 쓸만한 내용이 아니다, 시간이 없다 등을 내세우며 글쓰기를 부담스러워한다.

글도 써야 는다. 쓰지 않으면 퇴보한다. 쓰면 쓸수록 실력이 붙고 글이 써지지 않는다고 쓰지 않으면 점점 더 글을 쓸 수 없게 된다. 용불용설(用不用說)의 법칙은 글쓰기에도 예외가 아니다. 무엇을 어떻게 쓸 것인가? 글을 쓰고자 한다면 우리는 다양한 방법을 모색할 수 있다.

3) 일상속에서 사용하는 글쓰기

과거 농경사회나 산업사회는 지식의 양과 정확도가 평가의 기준이었다. 그러나 지금처럼 방대한 지식 사회에서 지식을 활용하고 재창조하는 능력이 필요하다. 전통사회에서는 글쓰기가 지식인들의 고유한 산물이라면 지금의 시대에는 모두가 글쓰기를 할 수 있다. 모두가 정보전달자이다. 정보의 홍수 속에서 양질의 정보를 취사선택(取捨選擇)해야 하는 능력이 꼭 필요하다.

'실제 경험이나 관찰이 새롭다 하더라도 낡은 문장을 사용하는 한, 저라는 사람은 새로운 경험도 낡은 생각 문장으로 담아내는 사람입니다'라는 정보를 드러낼 뿐이다. 생각 문장까지 바뀌어야 한다. 생각 문장만큼은 바뀌어야 한다. 문장이 바뀌면 여행을 가지 않아도 새로운 것을 발견할 수 있지만, 문장이 바뀌지 않으면 아무리 여행을 다녀도 상투성만 강해질 뿐이다.

- 이만교의, 『글쓰기 공작소 실전편』, 그린비, 2009, 115쪽. -

우리의 일상을 떠올려보자. 안부 인사로 문자를 보내고, 인스타그램에는 주말에 다녀온 여행 사진을 자랑한다. 교수님께 전공에 대한 궁금증을 담은 이메일을 보내고, 조별 발표를 위해 대본을 작성하거나 제출할 보고서를 작성한다. 시험 기간이 되면 전공과 교양과목에서의 서술형 답안을 작성한다.

이 모든 순간에 글쓰기가 자리하고 있다. 글쓰기는 고도의 자기표현의 도구이자 의사소통의 창구이다. 자신의 생각을 정리하고 표현하며 정확하게 전달할 수 있는 가장 확실한 방법이기 때문이다. 다양한 미디어와 소통의 창구가 등장했지만 그럼에도 불구하고 가장 본래적 방법인 글쓰기를 사람들은 여전히 가장 중요하다고 생각한다. 현대는 다양한 분야에 있어서 개인의 개성을 철저히 여기고 자신의 시선을 매우 중요하게 생각하고 있다.

일상생활의 순간순간에 이렇게 글쓰기를 끼워 넣으면 놀라운 일이 일어난다. 지하철에 붙은 광고, 버스 옆으로 스쳐 지나가는 풍경, 우연히 귀에 들어온 라디오 뉴스 등등이 구상 중인 글과 연결되기 시작하는 것이다. 글에 집어넣으면 좋을 내용과 마주치기도 하고 글을 풀어나갈 형식에 대한 영감을 얻을 수도 있다.

어떻게 글을 쓰면 좋을까 하는 생각이 머릿속에 가득하다면 기사 하나, 광고 글 하나도 무심히 보아 넘기게 되지 않는다. 주변의 온 세상이 내 글과 관련을 가지게 되는, 그야말로 마법 같은 상황이다.
  - 이상원, 『서울대 인문학 글쓰기 강의』, 황소자리, 2011, 155쪽.-

개인이 지닌 감정, 개인이 갖는 생각의 표현을 지금의 현대인처럼 강력하게 나타내는 시절은 일찍이 없었을 것이다. 이러한 개인의 감정과 생각, 그 수단을 '글쓰기'라는 방법을 선택하고 있다. 글쓰기는 편리하여 자신의 생각을 표현하기에 매우 용이하며 우리 시대의 가장 큰 스펙으로 자리매김하고 있다.

2. 지금, 현실에서의 글쓰기

'작가적 소양을 갖춘 사람.' 지금은 많은 기업에서 결재 문서 대신 5줄 내외의 메신저로 보고를 대체합니다. 긴 글은 읽히지 않아 피드백을 받지 못하고 묻히지요. 하이브리드 시대의 소통은 온라인 중심이며 텍스트가 기반입니다. 어떤 환경에서든 잘나가는 인재는 반드시 글을 잘 씁니다. 코로나 쇼크 3년 차에 접어들며 기업들은 묻어 두었던 글쓰기 교육을 다시 요청했습니다. 보고든 연락이든 회의든 협업을 위한 일련의 작업이 구성원 개개인의 소통 능력에 달렸음을 더 실감했기 때문이라 했습니다. 비대면이 표준이 된 원격 근무 시대에 글쓰기 능력이 주목을 받는 것은 텍스트와 문서를 기반으로 하기 때문입니다.
  - 송숙희, 『150년 하버드 글쓰기 비법- SNS부터 보고서까지 이 공식 하나면 끝』, 유노북스, 2022, 30~31쪽. -

매학기 '글쓰기'라는 과목을 대하는 학생들의 태도는 항상 두려움과 귀찮음이 잘 나타난다. 그만큼 학생들은 글쓰기를 두려워하고 어려워한다. 학생들은 글쓰기는 잘하면 좋겠지만, 못한다고 해서 그다지 불편하지 않다고 생각한다. 글쓰기는 우리가 가진 관심과 능력을 최대한 발휘하고 글쓰기의 즐거움을 알 수 있게 해주는 부분이며 이것이 바로 출발점이 되어야 한다. 글쓰기는 자아를 성찰하고 형성하는 도구이자 사고 체계를 정립하는 도구로서 중요한 역할을 한다. 글쓰기를 통해 자신을 성찰하고 자신과 세계의 상호 관계 속에서 자신을 발견하기도 하며, 글쓰기를 통해 세계를 이해하고 체계화하기도 한다. 또한 글쓰기는 사회적 소통과 학문적 소통을 유지하게 한다. 글쓰기는 자신의 견해를 전달하고 타인의 견해를 이해하는 데 필수적인 수단으로 기능한다.

우리는 인터넷과 스마트폰과 태블릿 PC, 노트북 등 다양한 전자기기를 통해 매일 다양한 방법으로 글쓰기를 하고 있다. 아침에 일어나서 친구에게 카톡을 보내서 약속 시간을 잡기도 하고, 페이스북 메신저를 통해 친구에게 안부를 전하기도 한다. 인스타그램에 해시태그를 통해 자신의 일상을 스스럼없이 공유하기도 한다. 요즘은 각종 문명의 이기를 통해 의사소통을 한다. 문자메세지는 기본이고, 소위 '단체톡' 및 각종 SNS상에서 만들어지는 수많은 글과 약어 및 기호의 홍수 속에서 살고 있다. 어떤 때는 아침에 일어나서 대화방에 가득 차 있는 다양한 글들을 보면서 놀라기도 한다. 그러나 바쁜 현대인들의 생활 속에서 이런 소통이 중요하다. 우리는 날로 진화하는 세상에 살고 있지만 의사소통의 가장 전통적인 방식인 글쓰기를 매일 하고 있다.

요즘 세상에 글을 쓰는 것은 너무 쉽고 편한 일이며, 어디에서나 다양한 방식으로 글을 쓰고 유통할 수 있다. 의사소통의 중요성을 이야기하는 사람들이 자주 언급하는 것이 머레이비언의 법칙이다. 심리학자 앨버트 머레이비언 교수는 인간이 어떤 메시지를 전하려 할 때 말의 의미보다 목소리, 음색, 얼굴 표정과 같은 비언어적인 요소가 중요하다는 사실을 발견한다. 지금처럼 문자 위주의 소통이 일반화되지 않았던 1971년에 등장한 이론이었다. 머레이비언에 따르면 문자 정보가 의사소통에서 차지하는 비중은 7%에 불과하다. 반면 음색과 목소리에 해당하는 청각 정보는 38%를 차지하며 눈빛, 몸짓, 표정에 속하는 시각 정보의 비중은 무려 55%에 달한다. 문자 정보의 8배에 달하는 소통이 시각 정보를 통해서 이루어지는 셈이다. 그러나 시대가 변화하여 비대면으로 처리하는 경우가 많아지고 있다. 이런 변화는 무슨 일에서든 핵심을 빠르게 전달하는 것이 가장 중요하다는 것을 보여준다.

1) 글쓰기에 대한 새로운 시선

> 필요한 건 재능이 아니라 질문이다. 단기간에 남을 압도하는 성취를 이루어야 하는데 글쓰기 만큼은 그런 조바심이 통하지 않는다. 글쓰기야 말로 공정한 영역이다. 스피노자의 말처럼 지혜는 명령할 수 없다. 불치병을 다 고치는 무당이 있다해도, 퇴마의 역능으로 충만한 사제가 온다해도 글쓰기 능력을 부여해주진 못한다. 온전히 자신의 걸음으로 나가는 것 말고는 달리 길이 없다. 그래서 평등하다.
> - 고미숙, 『읽고 쓴다는 것, 그 거룩함과 통쾌함에 대하여』,
> 북드라망, 2022, 131~133쪽. -

세계적으로 유명한 MIT(메사추세츠 공과대학, Massachusetts Institute of Technology)에서는 1982년에 '글쓰기와 의사소통센터'를 세웠다. 또한 단계적으로 글쓰기 강좌를 필수과목으로 채택했다. MIT 학생은 인문학을 8개 과목 이상 이수해야 하는데 모든 과목에 보고서 쓰기를 필수로 포함하고 있다. 인문대 중심이 아닌 공과대 중심인 MIT의 시스템은 놀랍다. 그래서 많은 사람이 의아하게 생각한다.

> 1980년 무렵에 졸업생들에게 글쓰기를 필수과목으로 지정하라는 건의를 많이 받았다. 사회에서 생존하는 데 글쓰기가 꼭 필요하다는 게 그 이유였다. 대부분 기술자와 과학자인 그들은 업무의 35% 이상이 글쓰기와 관련있다고 말했다. 그래서 MIT는 유능한 사회인을 배출하려면 글쓰기를 필수과목으로 지정하는 것은 물론 글쓰기 센터를 설립해야 한다고 판단했다.
> - 신향식,「MIT가 글쓰기교육에 심혈을 기울이는 사연」,
> 『오마이뉴스』, 2008.3.13. -

최첨단의 과학기술과 인공지능 챗GPT와 살아가는 지금의 현실에서 우리는 사회적 관계와 학습, 업무는 여전히 글쓰기를 기반으로 하여 '의사소통'을 한다. 세계적인 명문대학 하버드에서는 실제로 하버드 대학의 졸업생들은 재학 중 약 50kg 분량의 글을 써내는 것으로 알려져 있다. 메시지가 분명한 글을 만들기 위해 기준을 정확히 지키는 것은 대학에서 공부한 이들이 꼭 갖추어야 하는 자질이며 창의력과 문제해결 능력을 보여주는 창구이기도 하다.

대학생들이 자신의 아이디어, 조사한 결과를 다른 사람들에게 명확하게 전달할 수 있게 하는 쓰기 능력은 중요하다. 명확하게 쓰기는 생각을 정리하고 자신의 의견을 효과적으로 전달하는 데 필수적이다. 특히 과학 및 공학 분야에서는 복잡한 개념과 아이디어를 효과적으로 전달하기 위해 명확한 글쓰기가 필요하다. 쓰기를 통해 학생들은 복잡한 주제를 분석하고 간결하게 전달하는 방법을 배울 수 있다.

앞으로 우리는 연구 및 프로젝트를 수행하게 될 경우가 많은데, 이때 팀 기반으로 이루어지는 경우가 대부분이다. 구성원 간의 협업을 위해서는 효과적인 쓰기 능력이 필요하다. 졸업 후 다양한 분야로 진출할 때, 훌륭한 쓰기 능력은 경력 발전에 큰 도움이 된다. 이력서, 추천서, 제안서 등 다양한 문서작성 능력은 취업 및 승진에 중요한 역할을 한다. MIT와 같은 대학들은 쓰기를 강조함으로써 학생들이 다양한 분야에서 성공적으로 활동하고, 자신의 아이디어와 연구를 효과적으로 전달할 수 있도록 돕는 것이다.

회사에 취직해서 하는 일의 대부분도 글쓰기이다. 한국생산성본부에서 직장인 473명을 상대로 한 설문조사를 토대로 '스마트 엔터프라이즈와 조직 창의성 보고서'를 발간했다. 보고서에 따르면 직장인이 전체 업무시간 중 문서작성에 투입하는 시간이 29.7%로 가장 큰 비중을 차지한다. 직장인은 정보검색·수집(22.3%), 검토·의사결정(19.7%), 회의(16.2%), 보고(12.1%) 순으로 업무시간을 할애한다. 문서를 작성하고 정보를 검색하거나 수집하는 데 업무시간의 절반 이상(52.0%)을 소비하는 셈이다. 하루 일과가 문서작성으로 시작해서 문서작성으로 끝난다고 해서 이를 소홀하게 생각하면 안 된다. 문서에서 핵심을 명확하게 표현해 상사가 더 발전적인 방향의 보고서 또는 기획서를 요구한다면 제대로 소통하고 있는 것이다.

미국에서 시작된 쉬운 언어 쓰기 운동은 행정, 경영, 법률 등 전문 분야에서 사용하는 용어를 쉬운 말로 표기하자는 의도에서 출발하였다. 영국과 미국에서는 1970년대부터 쉬운 영어(plain english) 쓰기 운동을 시작했다. 이 운동은 쉬운 언어(plain language) 쓰기 운동으로 여러 나라에 확산되었다. 영국에서 취약계층이 난방비 신청 서식을 제대로 이해하지 못해서 동사(凍死)한 사건을 계기로 쉬운 언어 쓰기 운동이 시작되었다. 지금은 여러 나라에서 정부 기관과 대중 사이에 명확하게 소통하기 위한 목적으로 시행하고 있다.

우리나라도 외국어 남용을 막고 우리말 사용을 촉진하기 위해 2005년에 국어기본법을 제정했다. 문화체육관광부를 비롯하여 법무부, 금융감독원 등의 정부 부처와 기관에서는 쉬운 우리말을 쓰기 위해 노력하고 있다. 문서작성 전문가들이 공통으로 강조하는 것은 '이해하기 쉬운 문서'다. 이해하기 쉬운 문서를 만들려면 글을 짧게 써야 한다. 문장력을 과시하기 위한 글이 아니므로 단문을 사용해야 한다. 단문은 주어와 서술어 하나만으로 이루어진 문장이다. '매출이 상승했다', '납기가 지연됐다'는 단문이다. '휴가 시즌 매출이 하락했다', '원자재 수급 문제로 납기가 지연됐다'도 단문이다. 단문은 문장의 구조가 간단해서 논란의 여지가 없다. 단문을 사용한 문서는 간결하고 명쾌하다. 인용한 자료와 수집한 정보의 출처가 분명해야 한다. 문장이 아무리 간결하고 명쾌해도 첨부된 자료의 출처가 확실하지 않은 정보 또는 너무 오래된 자료라면 좋은 문서라고 볼 수 없다. 글로 풀어서 설명하기 어려울 때는 시각화된 자료를 이용해서 명확하게 전달해야 한다. 내용의 구성도 흐름이 있어야 하고 앞뒤 내용이 논리적이고 체계적이어야 한다. 이처럼 직장에서의 업무가 쓰기를 중심으로 이루어지며 사람들의 경쟁력에서 글쓰기가 결정적인 힘을 갖게 되는 것은 당연한 일이다.

2) 글쓰기의 두려움, 생각의 시작

과학이 '어떻게 만들지'에 대해서 가르쳐주는 반면 인문학은

'무엇을 그리고 왜 만들어야 하는지'를 알려준다.

- 에릭 베리지 -

　빌 게이츠는 '인문학이 없었다면 나도 없고 컴퓨터도 없었을 것'이라고 했다. 스티브 잡스의 무한한 상상력과 창의력은 인문고전에서 영감을 받았다고 한다. 페이스북의 탄생 배경에는 인문고전이 한 부분을 차지하고 있고 두바이를 세계적인 벤치마킹 대상으로 변화시킨 셰이크 모하메드 국왕은 자신 스스로 시를 쓰면서 시적 상상력으로부터 두바이 개발 에너지를 얻었다고도 한다. 장편 역사소설『폼페이 최후의 날』저자 에드워드 리튼이 "과학에서는 최신의 연구서를 읽고, 문학에서는 가장 오래된 책을 읽으라"고 인문학의 중요성을 말했다. 고전과 문사철(文史哲)을 읽는다는 것은 거인들의 안목을 얻는 것이다. 거인들의 내공과 지혜를 쉽게 빌릴 수 있기 때문에 그렇지 못한 사람들보다 더 많이 그리고 더 멀리 볼 수 있는 안목과 통찰력을 얻게 된다.

　인문 고전의 위대한 가치는 '사색의 침전물이다'고 해도 과언은 아닐 것이다. 그들은 사색을 통해서 우주와 교감했고, 시공을 초월한 만남을 통해 세상의 이치를 터득하게 된 것이다. 그들은 그 힘을 얻기 위해 때로는 칠흑같은 어둠에 자신을 방치하였다. 그리고 내면의 소리를 들으면서 자신만의 길을 걸어온 사람들이다. 그들은 장애물이 올 때마다 그것을 디딤돌 삼아 새로운 역사를 쓴 사람들이다. 세상의 모든 위대함은 인문고전을 통한 사색의 결과물이다.

　다양한 정보와 인터넷의 발달로 편리한 세상이 되었지만, 가장 중요한 것은 '우리가 하는 사고'라는 것이다. 글쓰기에는 사람의 생각과 철학이 고스란히 담겨 있다. 세상은 그 생각의 가치와 철학에 집중한다. 이제 여러분은 과연 어떤 글을 쓸 것인가? 어떤 글을 쓰는 사람이 될 것인가?

우리는 살아가면서 다양한 소통의 방법을 사용한다. 친구, 가족과 만나 가벼운 대화를 하거나, 스마트폰의 카카오톡 등 메시지 서비스를 통해서, 인스타그램이나 페이스북 등 소셜네트워킹서비스(SNS)를 통해서도 이루어진다. 대학에서 자신의 실력을 평가받기 위해 수시로 작성해야 하는 것이 보고서이다. 게다가 사회생활이 시작되면 상사나 고객을 설득하기 위해 자신의 지성과 감성을 총동원하여 보고서 혹은 기획서를 작성하게 된다. 글쓰기는 어려운 일이 아닐 수 없다. 타인의 머리와 가슴을 움직여서 원하는 바를 얻어내야 하는 행위이기 때문이다. 또는 무엇인가 말하고 쓰는 것으로 직업을 삼기도 할 것이다. 우리의 삶이 '소통'으로 이루어졌기 효과적으로 잘할 수 있는 연습을 하는 것은 너무도 당연하다.

"우리는 글을 쓰면서 인생을 두 번 맛본다. 그 순간에 한 번, 추억하면서 한 번". 이는 프랑스 태생의 미국 여류 소설가이자 초현실주의적인 문체로 이름난 아나이스 닌이 한 말이다. 그녀에게 글을 쓴다는 것은 삶의 유희같은 것이다. 글쓰기 심리치료사인 캐슬린 애덤스는 "글은 달과 같고 자석과 같다. 잠재의식 속에 숨은 것들을 의식으로 끄집어낸다"라고 말했다. 글쓰기를 통해 자신의 삶을 되돌아보며 감정을 통제하고 불안감을 치료하는 등 치유의 힘을 강조했다.

퓰리처상 수상작가인 스탠리 쿠니츠는 글쓰기야말로 삶이 주는 선물에 대한 감사의 표현이라고 말했다. 그는 "삶의 원동력은 첫째도 욕망, 둘째도 욕망, 셋째도 욕망"이라며 그 욕망을 통제하고 자아를 실현하기 위해서는 글을 쓰고 글밭을 가꾸어야 한다는 것이다. 일찍이 에디슨은 좋은 기록이야말로 긍지와 삶의 에너지라고 말했다. 모든 사람은 다음 시도를 위한 또 다른 발걸음이다. 지나간 추억도 희망이라고 말하는 이유가 여기에 있다.

독일의 철학자 하이데거는 "언어는 존재의 집"이라고 말했다. 아마존의 인디오들은 그들만의 말이 있을 뿐 글이 없으므로 화려한 문명이 역사의 뒤안길로 사라지거나 여전히 원시와 야만에서 벗어나지 못하고 있다. 원시에서 문명으로 가는 길에 기록이 있는 것이다. 인간은 되돌아볼 때마다 조금씩 성장한다고 했던가. 기록은 깨달음의 길이며 성찰의 숲이다.

글쓰기는 기술이 아니다. 글쓰기를 배운다는 것이 글을 쓰는 방법, 표현법을 배우는 것이라는 선입견을 버려야 한다. 왜냐하면 글 외에 소통하는 방식이 다양하므로, 그 방식들에서 통용될 만한 방법을 배워야 하기 때문이다. 따라서 '내용'을 만들어내는 연습이 바로 가장 기초적이며, 제대로 된 '글쓰기' 연습이 될 것이다.

글쓰기는 어렵지 않다. 우리는 대단히 문학적인 글을 쓸 필요가 없다. 전문적이고 학술적인 글을 보며 왜 이렇게 글이 어려울까 절망할 필요는 없다. 우리가 창작자나 연구자가 되지 않으면 그런 글은 필요하지 않기 때문이다. 우리에게 현실적으로 필요한 글을 잘 쓰면 되고, 그런 글들은 어느 정도 설명서도 있고, 후천적인 노력으로 충분히 채워질 수 있으므로 글쓰기는 절대 어려운 것이 아니다. 글쓰기에도 왕도가 없으므로 오랜 시간의 노력과 연습이 필요하며, 정해진 규칙이 없다는 점이 다소 어렵지만 흥미있는 작업이 될 것이다.

앞으로 우리는 '쓰기'(표현)를 어떻게 할 것인가 방법을 찾는 것이 아니라, '내용'을 찾아야 한다. 글쓰기의 연습은 기술을 익히는 것이 아니라 주변의 모든 것들을 관찰하고 생각해보는 일에서 시작한다. 우리가 하는 일련의 과정들이 모두 글쓰기의 연습이 될 수 있다. 집에서 TV를 시청하거나, 맛집을 찾아가거나, 영화를 보거나, 친구를 만나 수 다를 떠는 등 일상 속 경험하는 모든 것이 글쓰기의 연습이라고 할 수 있다. 그저 일상을 열심히 살면 글쓰기를 잘할 수 있는가? 물론 그렇지 않다. 그런 일상의 경험을 기반으로 글쓰기와 연계시키며 살아야 하고, 그것을 표현하는 습관을 배워야 한다. 글은 내가 사라지는 순간에도 살아있는 생명체로 남는다. 글쓰기는 두려움의 대상이 아니다. 쓰지 않기 때문에 두려움이 시작된다. 막연한 두려움에 억눌리지 않기를 바라며 일단 쓰고, 기술을 익히고, 드러내자. 그 용기가 만든 고유한 자신이 글로써 빛날 시기가 반드시 올 것이다.

학습활동

1 나에게 글쓰기란 무엇인가?

2 지금까지 읽은 글 중에서 가장 기억이 남는 부분을 소개해보고, 그 이유를 써보자.

3 살아오면서 자신에게 글쓰기가 필요했던 순간이 있다면 소개해보자.

o2 좋은 글의 요소와 목표

대학에서 학문적 결과를 이루기 위해서는 전공과 교양에 관련된 많은 내용을 읽고 자신에게 필요한 정보를 새로운 시각으로 정리할 수 있어야 하며, 그 정리된 내용은 논리적인 사고와 정확한 문장으로 표현되어야 한다.

글쓰기는 생각과 감정을 전달하는 미술이자 과학이다. 좋은 글은 독자의 마음을 사로잡고, 오랜 시간 동안 기억에 남게 만든다. 대학생이 갖추어야 할 좋은 글쓰기의 능력은 필요한 정보를 수집하고, 그것을 새로운 시각으로 정리하여, 논리성을 갖춘 정확한 내용과 문장으로 표현하는 것이다. 송나라의 유명한 문장가 구양수(歐陽脩, 1007~1072)는 글을 잘 쓰려면 많이 읽고(多讀), 많이 쓰고(多作), 많이 생각(多商量)하라고 했다. 이것이 삼다설(三多說)이다. 글쓰기에 관한 이만한 지침이 또 있을까 싶을 만큼 유익하다.

좋은 글을 쓰는 데는 왕도(王道)가 없다는 것이다. 남이 쓴 글을 찾아서 널리 읽고, 깊은 사색을 하면서 많이 써보는 가운데 자연히 훌륭한 글을 쓸 수 있다는 주장이다. 좋은 글은 어떤 것인가? 이에 대한 대답은 간단하지 않을 것이다. 일반적으로 말하여 내용이 진실하고 알차며, 읽기에 편하고 이해하기 쉬운 것이 좋은 글이다. 그렇다면 어떤 글이 좋은 글인지, 좋은 글의 요건은 무엇인지 살펴보아야 한다.

1. 좋은 글의 요건

첫째, 목적이 분명한 글이다.

글을 쓰는 이유는 다양하다. 정보 전달, 감정 표현, 설득, 또는 예술적 표현 등 다양한 목적으로 글을 작성한다. 글의 목적성이라는 것은 글을 쓰는 목적을 뜻하며, 이는 글의 중심이 되는 주제, 구조, 어조 등에 영향을 미친다. 정보 전달의 글은 주로 뉴스 기사, 연구 보고서, 학술 논문, 사용자 매뉴얼 등에 흔히 볼 수 있다. 목적은 특정 정보를 효과적으로 독자에게 전달하는 것이다. 명확하고 간결한 언어 사용이 중요하며, 사실 기반의 내용이 필수적이다.

시, 소설, 일기, 편지 등의 형식을 통해 개인의 생각이나 감정을 표현한다. 이러한 글은 독자와의 깊은 감정의 연결을 목표로 한다. 사용되는 언어는 감정적으로 풍부하거나 서정적일 수 있다. 기사, 광고, 연설 등은 독자나 청중을 특정한 의견이나 행동으로 설득하는 것을 목표로 한다. 논리적 근거와 감정적 호소를 결합하여 효과적인 설득을 시도한다. 예술 작품으로서의 글은 순수한 예술적 표현이 목적이다. 이러한 글은 독자에게 미적 즐거움을 제공하거나, 특정한 예술적 또는 철학적 개념을 탐구한다.

이외에도 다양한 목적으로 글을 쓸 수 있지만, 중요한 것은 목적을 분명히 하는 것이다. 글의 목적성은 독자와의 소통에서 중요한 역할을 한다. 명확한 목적을 가진 글은 독자가 쉽게 이해하고, 그 목적에 따라 반응할 수 있다. 또한, 글의 목적성은 작성자의 의도를 명확히 하여,

글의 구조와 내용을 조직하는 데 도움을 준다.

둘째, 창의적인 글이다. 독자를 끌어들이며, 그들에게 새로운 시각이나 깊은 통찰을 제공한다. 이러한 창의성은 글의 가치와 정체성을 높이며, 사람들 사이에서 영향을 준다. 창의성은 새롭고 독특한 아이디어나 접근 방식을 통해 문제를 해결하거나 표현하는 능력이다. 이것은 단순한 '새로움'이 아니라, '유용함'과 결합된 새로움을 의미한다. 여러 분야의 지식을 결합하여 새로운 통찰력을 도출한다. 전통적인 방식이나 생각을 벗어나 새로운 방향으로 자유롭게 사고하며, 다양한 아이디어를 탐색한다. 그러나 글의 목적과 주제에 따라 지나치게 창의적인 내용은 독자에게 혼란을 느끼게 할 수 있다. 따라서 적절한 균형이 필요하다. 글쓰기는 자신을 표현하는 즐거운 도전이다. 이미 정해진 상식, 드러난 세계에 대한 받아쓰기가 아니라 자신의 입장에서 재구성한 세계, '나의 기록'이다. 세상에 하나밖에 없는 나만의 고유한 글이므로 소중하다.

셋째, 주제가 분명해야 한다. 가장 중요한 것은 글쓴이가 무엇을 말하고자 하는지, 어떤 내용을 전달하기 위해 이 글을 썼는지가 명확히 드러나도록 써야 한다. 글은 의사소통의 중요한 도구이기 때문에 항상 기억해야 한다. 자신이 쓰고자 하는 주제를 읽는 이에게 제대로 전달하는 것이 가장 중요하다.

넷째, 글의 종류와 상황에 맞는 글이다. 대학의 과제 보고서나 자기소개서, 이메일, 제품 사용 설명서, 입사지원서 등 모든 글은 그 고유한 종류와 형식, 상황이 존재한다. 따라서 글의 종류와 상황에 맞도록 글을 작성하는 것은 중요하다. 그러나 대체로 글의 종류와 상황에 대한 철저한 준비가 되어있지 않은 글을 자주 접하게 된다. 글쓰기의 모든 과정에서 글의 목적이나 상황에 맞는 글을 쓰도록 다양한 아이디어를 구상해야 한다.

다섯째, 정확한 글이다. 좋은 글이 가져야 할 요건 중 정확성은 두 가지 내용을 포함하고 있다. 내용과 문장이 정확해야 하는 것이다. 글은 말에 비해 보존이 길고 확장이 쉽다. 글은 하나의 기록으로 오래 남는다. 그러므로 글을 쓰는 사람은 그 글에 책임을 가져야 한다. 잘못된 정보나 그릇된 기록을 글로 남기면 저자의 지적 능력에 대한 믿음이 깨진다. 또한 문장도 마찬가지다. 글은 엄격한 문법의 적용을 받는다. 특히 공적인 성격의 글은 많은 사람이 읽으므로 작은 맞춤법 하나도 소홀해서는 안 된다.

글의 정확성을 높이는 가장 좋은 방법은 바로 '수정'이다. 흔히 퇴고(推敲)라고 하는데, 아무리 좋은 작가라고 해도 단숨에 완벽한 글을 쓰는 사람은 없다. 우리가 읽는 대부분의 책은 바로 여러 번의 수정을 거친 글이다. 글을 써본 사람은 모두가 공감하지만 초고(草稿)를 쓰는 것보다 고치는 것이 훨씬 더 힘들다. 하지만 이 과정 없이 무작정 글을 발표하면 후에 큰 어려움을 겪게 된다. 귀찮고 힘든 과정이기는 하지만 좋은 글은 내용의 옳고 그름을 확인하고 문장을 다듬는 과정 속에 완성된다는 사실을 절대 잊어서는 안 된다.

여섯째, 정직한 글이어야 한다. 여기서 정직이란 자신이 독창적으로 쓴 글인가, 남이 쓴 글의 일부를 가져왔는가, 개념을 인용했는가를 글쓴이가 분명히 밝히는 것이다. 글의 출처를 분명히 밝혀야 한다. 글을 쓸 때 다음 세 경우에는 반드시 출처를 밝혀야 한다.

- 다른 이가 실제로 사용한 어구를 가져다 썼을 때.
- 다른 이의 착상, 견해, 이론을 끌어다 썼을 때.
- 사실, 통계, 예증을 가지고 왔을 때.

그러나 표절과 보편적인 직관에 따른 유사한 표현은 구별되어야 한다. 김소월의 '진달래꽃'과 브라우닝의 '사랑의 한 길'이나 예이츠의 '하늘나라의 장옷'은 그 시상과 표현이 비슷하지만 표절이라고 하지는 않는다. 실제 위의 시를 본다면 우리는 창조적 직관의 우연한 조응임을 알 것이다. 글은 인격과 양심의 거울임을 명심하여 글쓰는 이는 정직하게 자기다운 글을 써야한다.

일곱째, 쉽고 간결한 문장으로 쓴 글이다.
글을 쓰면서 의미 전달을 위한 가장 기본적인 단위는 문장이다. 지나치게 길고 지루한 문장은 읽는 사람을 힘들게 할 뿐만 아니라, 글쓴이의 생각과 의도를 제대로 이해하기 어렵게 한다. 따라서 쉽고 간결한 문장으로 명료한 글을 쓰는 것은 글쓴이가 반드시 갖추어야 할 요소이다.

2. 글쓰기의 절차

1) 글쓰기의 구성

(1) 주제 선정

글쓰기에서 주제 선정은 매우 중요한 과정이다. 주제는 '무엇에 대해 쓰는가'라는 질문에 대한 답이다. 다시 말해 '무엇을 쓸 것인가'를 정하는 것이다. 이는 글의 중심이 되며, 독자에게 전달하고자 하는 메시지의 핵심을 담고 있다. 주제는 글쓰기의 기반이다. 주제가 명확하면 글의 방향성을 잃지 않고 일관성 있게 작성할 수 있다. 독자는 주제를 통해 글의 내용을 예상하고, 관심을 가진다. 그렇기 때문에 주제는 독자의 관심을 끌어야 한다.

주제 선정 전 고려사항
① 독자: 글의 대상이 되는 독자를 먼저 생각한다. 독자의 연령, 성별, 관심사, 배경 지식 등을 고려하여 주제를 선정한다. 독자의 입장을 염두에 두고 이들이 호응할 내용을 찾아야 한다.
② 목적: 글을 쓰는 목적이 무엇인지 명확해야 한다. 정보 전달, 설득, 정서, 경험, 감동 등 다양한 목적에 따라 주제의 방향이 달라질 수 있다.
③ 관심사: 글쓴이가 관심있는 주제나 잘 알고 있는 내용을 선정하면 글쓰기에 더욱 흥미를 느끼고 내용이 풍부해질 수 있다.
④ 범위: 글쓰기의 범위는 최대한 구체적이고 좁은 범위로 주제를 선정하는 것이 좋다. 너무 광범위한 주제는 글의 방향성을 잃기 쉽다.

주제를 선정할 때는 일관성을 유지하는 것이 좋다. 글쓰기 과정에서 주제를 바꾸지 않고, 주제와 관련된 내용만을 포함하는 것이 중요하다. 복잡한 주제는 피하는 것이 좋다. 글쓰기를 처음 시작하는 사람들은 너무 복잡하거나 전문적인 주제를 선택하기보다는 간단하고 명확한 주제를 선정하는 것이 좋다.
결론적으로, 주제 선정은 글쓰기의 시작이자 기본이다. 주제를 선정할 때는 자신의 관심사, 독자의 관심, 그리고 충분한 자료와 정보가 확보될 수 있는지를 고려하여 결정하는 것이 좋다.

(2) 소재 찾기

글쓰기에서 소재(素材)는 주제를 전달할 수 있게 하는 재료이다. 글의 본질적인 내용이나 아이디어를 구체화하는 역할을 한다. 흥미로운 소재는 독자의 관심을 끌며, 글의 수준을 높일 수 있다.

소재와 주제의 차이-주제는 글의 중심 아이디어나 메시지를 의미하는 반면, 소재는 그 아이디어를 구체화하기 위한 구체적인 사례, 이야기, 현상을 의미한다. 예를 들어, 주제가 '사랑'이라면 소재는 '첫사랑의 추억', '반려동물에 대한 애정', '사랑의 상처' 등 다양하게 구체화 될 수 있다.

① 생활 주변에서 찾기

일상에서 발생하는 소소한 사건이나 경험, 대화, 감정 등을 관찰하고 기록한다. 이것들이 흥미로운 소재가 될 수 있다. 특히 여행에서 겪은 다양한 문화와 환경의 체험은 독특한 소재로 활용될 수 있다. 개인의 경험이나 추억 역시 소재로 가능하다. 과거의 경험, 회상, 감정 등 개인적인 이야기는 감동적인 소재가 될 수 있다.

② 서적, 미디어에서 소재 찾기

뉴스와 기사에서 보여지는 현재 사회의 쟁점이나 유행, 사건을 기반으로 한 소재가 될 수 있다. 또한 다양한 장르의 소설, 시, 에세이, 인터뷰 등에서 영감을 얻을 수 있다. 영화와 드라마는 스토리텔링의 좋은 예가 될 수 있다. 다양한 인간관계나 갈등 상황을 통해 소재를 찾을 수 있다.

③ 사회와 문화에서 소재 찾기

과거의 중요한 사건이나 인물을 기반으로 할 수 있다. 음악, 미술, 전통문화 등에서 글의 소재를 얻을 수 있다. 환경 문제, 인권, 빈곤, 실업 등 현재 사회에서 부각되는 문제들을 소재로 활용할 수 있다.

④ 브레인스토밍(brainstorming)

여러 사람과 함께 아이디어를 자유롭게 떠올리며 소재를 확장하거나 새로운 소재를 발견하는 방법이다. '머릿속의 폭풍'을 일으키듯 주제에 대해 떠오르는 생각을 건져 올리는 것이다. 브레인스토밍은 1930년대에 광고업계에서 일하던 알렉스 오즈번(Alex Osborn)에 의해 개발되었다. 개인의 창의력 한계를 극복하고 다양한 관점에서 아이디어를 모으기 위해 사용된다. 여러 배경과 경험을 가진 참가자들로부터 광범위한 아이디어를 얻을 수 있다. 이러한 과정에서 어떤 아이디어도 비판하거나 평가하지 않는다. 가능한 많은 아이디어를 생성하는 것이 목표이다. 특이하거나 예상하지 못한 아이디어도 강조된다. 제시된 아이디어를 결합하여 새로운 아이디어를 발견한다. 모든 아이디어가 동등하다는 생각으로 중요한 아이디어의 선별이 늦어질 수 있고, 모든 참가자가 활발히 참여하지 않을 경우, 브레인스토밍의 효과가 떨어질 수 있다.

브레인스토밍을 위해 가장 중요한 것은 반드시 자유로운 분위기를 유지해야 한다. 강압적이지 않고 자유로운 복장과 분위기 속에서 토론을 할 수 있어야 한다. 또한 질보다 양이 중요하다. 많은 아이디어에서 좋은 아이디어가 있을 확률이 높기에 아이디어의 좋고 나쁨의 판단을 하지 않고 생각나는 대로 많은 아이디어를 고안한다.

그리고 상대방이 어떤 아이디어를 내든지 비판해서는 안 된다.

만약 자신의 아이디어가 고갈되었을 경우는 말하지 않고 그냥 있는 것보다 다른 사람이 제출한 아이디어를 결합하거나 스스로 생각을 더하여 발표할 수 있어야 한다.

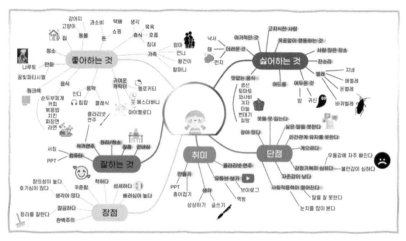

마인드맵

⑤ 마인드맵(mind map)

마인드맵은 마치 지도를 그리듯이, 줄거리를 이해하며 정리하는 방법이자 '생각을 정리하는 기술'이다. 너무 일반적이거나 평범한 소재는 독자의 관심을 끌기 어려울 수 있다. 독특하고 신선한 관점이나 접근 방식을 도입하여 소재의 유일성을 높이는 것이 필요하다. 간혹 어떤 문제에 대하여 창조적으로 사고하고 있을 때, 시간이 흐르거나 연속적인 사고의 연상이 진행되면서 그 사고한 내용의 일부는 잃어버리게 되고 재생하기가 어렵게 된다. 마인드맵은 유기적으로 연결되는 일련의 생각을 훌륭하게 상기시켜준다.

마인드 맵은 영국의 토니 부잔이 1960년대 브리티시 컬럼비아대 대학원을 다닐 때 두뇌의 특성을 고려해 만들어냈다. 부잔은 일부 사람들은 그림과 상징물을 활용해 배우는 것이 훨씬 더 효과적이라는 생각이 들어 '마인드 맵'을 고안해 냈다고 한다. 시각적 기억을 강화하고 창의성을 증진한다. 연결된 아이디어와 자유로운 형태로 인해 창의적 사고를 유도한다. 그룹에서 아이디어를 시각적으로 공유하고 토론하기에 이상적이다. 마인드맵(Mind-map)은 중심 이미지를 두고 연상을 통해 나뭇가지가 뻗어 나가듯이 주가지, 부가지, 세부 가지 순으로 생각을 구조화시켜 계속 확장해 나가는 아이디어 발상법이다.

큰 주제에 대한 상세한 정보를 표현할 때 복잡성이 증가할 수 있다. 일부 주제에 적합하지 않을 수 있으며, 다양한 주제에 활용하기 어려울 수 있다.

⑤ 프리라이팅(Free writing)

주제에 대해 생각나는 것을 떠오르는 대로 형식이 없이 자유롭게 쓰는 것이다. 글쓰기의 준비 과정인 글감, 재료를 찾는 단계에서는 이러한 마구쓰기가 매우 효과적이다. 글을 잘 써야겠다는 막연한 부담과 어려움으로부터 해방되는 것이 효과적이다. 주제만 확실하게 염두에 둔 상태로, 떠오르는 생각들을 편하게 마구 쓰다 보면 이외의 글감과 아이디어들이 수면 위로 올라오듯 떠오를 것이다. 마구 쓸 수 있는 사람이 결국 글을 잘 쓰게 된다. 아직 먼 얘기지만 우리에게는 퇴고, 다시 말해 고쳐쓰기 시간이 있기 때문이다. 쓴 글을 나중에 고치면 더 좋은 글이 된다.

우선 글쓰기가 익숙해지고, 편안하게 쓴 글을 차곡차곡 모으는 것이 중요하다. 떠오르는 대로, 생각나는 대로 무조건 글로 옮겨보자. 그러나 마구 쓰기가 어려운 사람도 있다. 이럴 경우 좋은 방법은 베껴 쓰기이다. 주제에 대한 읽기 자료나 기사, 논문을 처음부터 끝까지 무조건 그대로 필사(筆寫)를 하는 것도 좋고, 워드로 그대로 입력하는 것도 좋다. 베껴 쓰기를 하다보면 참고 자료의 내용을 생각하며 좀 더 깊이 이해하게 되면서 확장된 아이디어를 얻을 수 있게 된다. 자연스럽게 아이디어가 생성되어 글에 사용할 만한 소재들을 찾아낼 수 있게 된다. 필사는 '베껴쓰기'지만, 쓰기(writing)라기보다 베끼기(copying)로 이해해야 한다. 다시 말해 이 과정은 정보의 재구성이라고 할 수 있다.

베꼈을 때 쓰기에 도움이 되는 측면이 분명히 있지만 이는 글쓰기의 전체 과정에 수반되는 다양한 활동의 일부에 불과하다. 필사는 본격적인 습작보다는 꼼꼼히 읽기를 위해 적합한 활동이다.

다양한 방법을 통해 선정한 소재가 글의 목적, 독자, 주제와 잘 맞는지 검토해야 한다. 필요한 경우, 소재를 수정하거나 조정하여 글쓰기에 더 적합하게 만들도록 한다. 소재는 글의 품격과 독자의 관심을 크게 결정짓는 요소이다. 따라서, 다양한 방법으로 소재를 탐색하고 선정하여 글쓰기의 수준을 고양할 수 있다. 아울러 자신만의 방법을 찾는 것이 필요하다.

첫째, 유명 작가의 책을 읽다가 인상 깊은 구절 하나를 발견했다면 멈추고 밑줄을 긋는다. 그 구절을 시간을 두고 정독한다. 잠시 눈을 감고, 그 구절이 가진 의미와 이 저자의 생각과 맞는지 맞지 않는지 생각한다. 그것을 정리해서 책 여백이나 독서 노트에 2~3줄 정도 적어본다. 저자의 생각이 맞다면 동의하는 글을 쓰면 된다. 맞지 않다면 왜 아닌지 반론하는 글을 쓴다.

둘째, 유명작가의 책에 나온 내용과 이미 내가 알고 있던 지식을 섞어서 새로운 글을 써본다. 중요한 것은 쓰기 전에 이미 있던 책의 내용과 기존 알고 있던 내 지식을 실제로 적용해야 한다. 직접 경험해야 그 책의 내용이 맞는지 또는 새로운 결과가 나오는지 알 수 있기 때문이다. 이렇게 섞으면 나만의 새로운 글이 나올 수 있다.

셋째, 책에 나와 있는 여러 내용을 결합하여 나열한 후 자신만의 결론을 쓸 수 있다. 두 번째 언급했던 융합하는 것보다 쓰기 쉽다. 기존 책에 적힌 몇 개의 내용이 있다 보니 그것에 대한 사실 확인 후 거기서 독자에게 어떤 메시지를 주기만 하면 된다. 내가 책을 쓸 때 많이 쓰는 방법이다. 책 내용에 내 경험을 하나 추가하면 좀 더 차별화된 글을 쓸 수 있다.

넷째, 위 세 가지 방법이 어렵다면 무조건 책을 읽고 자신이 좋아하고 인상 깊은 구절을 만났다면 따라 쓰자. 똑같이 필사하는 것이다. 단어나 문장도 똑같이 쓰되, 그 저자가 쓴 글의 구성 방식도 분석하자. 따라 쓰다가 위에 언급한 세 가지를 적용해서 글을 써보자.

학습활동

1 브레인스토밍을 통해, '내가 사랑하는 것'에 관련된 아이디어를 생각나는 대로 나열하고 관련있는 것들끼리 연결해보자.

· 애착을 가지고 키워 본 동물이나 식물이 있는가?
· 지금 내게 가장 소중한 물건을 무엇인가?
· 특별히 좋아하는 예술 작품 혹은 장르가 있는가?
· 행복하게 떠올리는 공간이 있는가?

나열한 대상 가운데 가장 적합한 것을 골라 화제를 결정하자.

2 핵심 아이디어 정하기

· 결정한 화제에 대하여 자신의 생각을 한 문장으로 써보자.

3 이야기 구성하기

· 글의 시작과 중간, 마무리를 어떻게 할지 흐름을 잡아 보자.

4 글감찾기

· 각 구성 단계에 활용할 다양한 에피소드와 사건, 느낌 등을 나열해보자.

5 개요 작성하기

· 각 문단에 어떤 내용을 배치할지 열정하고, 뒷받침할 글감을 선택하여 정리해보자.

(3) 개요짜기

글쓰기에서 개요작성은 생각을 체계적으로 구성하고, 주제에 대한 깊은 이해를 도모하는 중요한 과정이다. 자기 글을 어떻게 써야 할지에 대한 '계획'이다. 적절한 개요를 통해 글쓰기의 방향성을 확정하고, 글의 흐름을 보다 논리적으로 구성할 수 있다. '서론-본론-결론(3단구성)', '기-승-전-결(4단 구성)', '발단-전개-위기-절정-결말(5단 구성)'과 같은 것이다. 자기 글의 흐름을 마디별로 미리 정해 놓으면 글쓰기는 생각보다 훨씬 수월한 작업이 된다.[1]

한 문단이든 한 편의 글이든 간단히 개요로 정리할 수 있다. 개요는 글쓰기 전 생각을 조직화하는데 반드시 필요하다. 글을 읽을 때 글의 주된 생각과 이를 뒷받침하는 내용이 무엇인지 분석하는 데 도움이 된다.

개요는 글이나 보고서, 논문 등의 큰 틀을 미리 설계하는 것을 말한다. 주제, 부제, 중요한 내용, 그리고 결론 등의 핵심적인 포인트를 담아 글의 구조를 만들어 나간다. 개요작성을 하면 글의 흐름과 구조를 미리 파악할 수 있어 효율적인 글쓰기가 가능하다. 또한 글쓰기 과정에서 주제에서 벗어나지 않도록 방향성을 제공한다. 계획된 구조에 따라 글을 작성하므로, 불필요한 수정 및 재작성의 시간을 줄일 수 있다.

글쓴이의 해석과 주장이 효과적으로 전달되기 위해서는 일목요연한 과정을 거쳐야 되는데, 이때 반드시 거쳐야 하는 과정이 개요(outline) 작성하기이다. 개요는 흔히 건물의 설계도에 비유한다. 설계도 없이 건물을 지을 수 없듯이 개요를 작성하지 않고는 글을 쓸 수 없다. 개요 작성은 문맥의 혼란을 방지하고 먼저 생각했던 내용을 잊어버리는 것

---

1) 홍인숙, 『창의적 사고와 글쓰기』, 보고사, 2015, 41~42쪽.

을 막아준다. 내용의 중복을 피할 수 있고, 문장 전체의 균형을 잡는데 필수적이다. 즉, 개요를 작성하면 글의 전체와 부분, 부분 상호 간의 균형이 이루어져 짜임새 있는 글을 쓸 수 있다. 더 나아가 개요작성의 과정에서 체계적인 조직력과 사고력이 길러지며, 글 전체의 요점을 정리하고 파악하는 데 도움을 준다. 기본 개요는 처음(Intro)-중간(Body)-끝(Closing)으로 구성할 수 있다. '처음'은 글을 열고 시작하는 것, '중간' 부분은 본격적인 내용을 작성하는 것, '끝'부분은 글을 마무리하는 것이다.

개요 작성 방법

첫째, 주제를 선정해야 한다.

둘째, 글을 쓰는 목적이 분명히 나타나야 한다. (예: 설명, 설득, 정보 제공, 감상 등)

셋째, 글을 읽는 독자를 고려하여 적절한 내용과 어조를 결정한다.

넷째, 글에서 다루고자 하는 주요 아이디어나 포인트를 배열한다.

다섯째, 중심 아이디어를 구체화하는 하위 아이디어를 추가한다.

여섯째, 아이디어를 논리적 상황, 시간적 순서, 중요한 위치 등의 기준에 따라 순서대로 배열한다.

마지막으로 개요의 전체적인 흐름이나 구조를 검토하며 필요한 수정을 진행한다.

(4) 쓰기

글을 시작하는 방법은 많은 사람들이 어려워하는 부분이다. 글의 시작은 독자의 호기심을 제공하고, 주요 내용으로 이어질 수 있도록 하는 것이다. 그래서 글의 시작은 중요한 부분이며, 이에 대해 여러 가지 방법과 전략이 있다. 주제를 정하고, 소재를 찾고, 개요를 작성했다면 이제 본격적으로 글을 쓰면 된다. 무엇을 쓸 것인지(주제 찾기), 어떤 소재들을 사용할 것인지(소재 찾기), 전체 글의 흐름과 순서를 어떻게 배열할 것인지(개요작성) 이미 정리되어 있기 때문이다.

'문단' 개념 익히기

① 문단 구분하기 : 글의 전체 흐름에서 문단의 구분은 매우 중요하다. 문단은 긴 글에서 독자들이 이해하기 쉽도록 내용상으로 매듭을 짓는 단위를 말한다. 문단의 구분은 곧 큰 생각의 구분이기 때문이다. 문단이 나뉘어 있다는 것은 곧 생각의 흐름이 바뀌고 있음을 보여주는 중요한 가시적 표지이다. 단락 구분이 전혀 없는 하나의 단락, 이른바 '통단락'으로 글을 쓰는 경우가 가장 많다. 한 번도 줄을 바꾸지 않고 끝까지 한 문단으로 쓴 글은 무질서하고 너저분한 '생각의 흐름'을 쏟아놓은 것이다.

② 문단의 요건 : 문단이란 몇 개의 문장이 모여 하나의 중심 생각을 나타내는 글의 부분이다. 문단은 전체 글의 부분이면서 문단 자체로도 주제를 구현할 수 있어야 한다. 문단을 글을 쓰면서 핵심적인 생각이 바뀔 때마다 새롭게 설정되어야 한다. 즉 하나의 문단은 여러 개의 문장으로 이루어져 있지만 그 문장들은 한 개의 중심 생각을 나타내고 있어야 한다. 이때 그 중심 생각을 담고 있는 문장을 '중심 문장(핵심 문장)'이라 하고, 그것을 뒷받침하는 내용을 담고 있는 여러 개의 문장들을 뒷받침 문장이라고 한다. 한 문단 안에 들어가야 할 문장의 개수는 정해져있지 않지만 보통 3~10개 내외의 문장들이 한 문단을 구성하는 것이 일반적이다.

한 개 문단은 독자에게 해당 문단만의 고유한 하나의 생각을 전달하는 것이며, 문단이 바뀐다는 것은 생각이 바뀌어 새로운 이야기가 전개된다는 사실을 독자에게 알리는 신호가 된다. 그게 문단의 역할이다. 같은 생각 안에서 다시 세부적인 생각의 내용에 따라서 작은 문단으로 세분해도 된다. 한 문단 안의 직접인용이 길면, 그 직접인용문만으로 문단을 독립시킬 수도 있다. 결국 대문단 이든 소문단 이든 문단은 하나의 생각만을 이야기하는 것이며, 전혀 다른 성질의 생각이 한 문단 안에 두 개 이상 섞여 있으면 안 된다.

　하나의 문단 안에는 한 개의 중심 생각이 나타나는 것이 좋다. 이를 '1문단 1생각'의 방법이라고 할 수 있다. 같은 문단 안에서 중심 생각이 달라진다 싶으면 별도의 문단을 새롭게 설정하여 쓰기를 이어가야 한다. 글쓴이의 생각이 변화하였다는 것을 나타내기 위해 문단을 바꾸고, 이는 줄을 바꾸고 들여쓰기를 하는 방식으로 나타난다. 독자의 입장에서 줄이 바뀌고 들여쓰기가 된 새로운 문단을 접할 때마다 글쓴이의 생각이 바뀌었음을 쉽게 알 수 있다.

③ 두괄식으로 작성하기

　글쓰기를 처음 시작하는 사람들은 글의 주제가 맨 앞으로 나오는 두괄식으로 쓰는 것이 좋다. 그래야 글쓰기를 하는 자신이 그 문단에서 전달해야 할 중심 생각을 잊어버리고 실수하는 일을 줄이게 된다. 우리가 아무리 어휘력을 풍부하게 습득하고, 아무리 문장을 잘 쓰는 법을 배우고 연습해도, 전체적인 글의 구조를 모르면 자연스럽게 글을 쓸 수 없다. 내가 쓴 글을 독자가 이해하기 쉽게 내용을 배치해야 한다. 그런데 긴 글의 구조를 이해하는 일은 쉽지 않다. 따라서 길이는 짧지만 구조가 탄탄한 글을 많이 쓰면서 연습을 해야 한다. 구조가 탄탄한 짧은 글이 바로 두괄식 단락이다.

두괄식 단락은 주제문이 단락 앞쪽에 나오는 구조다. 그리고 나머지 문장은 주제문을 논리적으로 단단하게 뒷받침한다. '논리적으로 단단하게'라는 말은, 주제문을 가장 잘 보여주기 위한 질서에 따라 뒷받침 문장을 배치했다는 뜻이다. 기본적으로 글 구조를 잘 만들었다는 뜻이다. 그래서 두괄식 단락을 많이 써본 사람은 자연스럽게 글을 잘 쓸 수밖에 없다.

글을 시작하는 방법은 많은 사람에게 어려운 과정이다. 첫 단락을 시작하는 것은 글쓰기의 핵심 중 하나이다. 훌륭한 첫 단락은 독자의 주목을 집중시키며, 글의 전체적인 흐름을 예고한다.

1. 인용 (격언, 속담, 유명인의 어록, 관련 작품 등)
2. 일화 (자신의 경험 또는 일반적인 사람들의 이야기)
3. 비유
4. 정의
5. 문제 제기
6. 목적
7. 배경

글의 시작, 특히 첫 단락은 글 전체의 틀을 잡아주며 독자의 첫인상을 형성하는 중요한 부분이다. 따라서 어떤 방식으로 시작할지를 잘 선택하고, 그 방식에 맞게 글을 효과적으로 구성하는 것이 중요하다.

인용

"옷은 순간을 반영해야 한다. 너무 빠르거나 너무 늦으면 소용이 없다." 샤넬의 수석 디자이너 칼 라거펠트의 유명한 명언이다. 새로운 패션을 만들려면 그 누구보다 시대를 앞서 봐야 한다. 잡지 출간일은 그달의 잡지 한 달 전 말쯤에 나온다. 잡지가 한 달 빠르게 나오는 이유는 전국으로 배포되어야 하고 조금 더 선전하기 위함이라고 한다. 그렇다면 에디터들은 누구보다 빠르게 발로 뛰어야 한다는 것을 의미한다. 에디터들은 미래를 보는 눈을 가지고 있어야 한다. 모든 것들이 그러하듯 적정한 시기가 있는 법이다. 뒤쳐져서는 안 되고 앞서나가도 안 된다.

일화

영화관에서 친구와 함께 영화를 보고 나오는 직후, 우리는 그 영화에 관해서 이렇게 말한다. "영화 어땠어?", "응 진짜 재미있었어. 주인공이 연기를 참 잘하네." 한 편의 영화를 보고 난 후의 느낌이 단순히 '재미있다' 또는 '재미없다'로, '연기를 잘한다' 또는 '연기를 못한다'로 표현될 수밖에 없는 것인가? 이런 말을 덧붙이면 더 재미있지 않을까? '이 영화, 어떤 장면의 그 부분이 진짜 재미있었어.'라거나, '어떤 장면을 보고 주인공이 연기를 참 잘한다고 생각했어.' 이런 식으로 말이다. 굳이 이렇게 똑같이 말하지 않더라도, 영화의 구체적인 장면을 잡아서 나의 느낌을 표현하는 것이다. 그것이 더 풍성하고 재미있는 대화를 만드는 방법이 아닐까? 이미지를 대할 때에도 마찬가지이다.

정의

세상의 많은 것들은 이미지로 구성되어 있다. '이미지'란 일반적으로는 그림, 조각, 거울·카메라·화면 등에 나타난 상(모습). 문학에서는 심상(心象)을 뜻하며, 그 의미는 감각에 의하여 획득한 현상이 마음속에서 재생된 것이다. 이해가 어렵다면 다른 뜻으로 들어가 보자. 어떤 사람이나 사물로부터 받는 느낌이다. '심상', '영상', '인상'으로 순화, 이제 이해가 간다. 오감을 통해 얻은 어떤 사람이나 사물의 느낌. 이 모든 것들이 '이미지'이다.

배경

꽃담황토색. 도로 위 수많은 검은색과 흰색의 차량 중 눈에 띄는 주황색 비슷한 꽃담황토색의 택시들이 있다. 바로 서울을 대표하는 해치 택시이다. 이전의 무미건조한 은빛의 택시들은 점차 사라지고 해치 택시들이 그 자리를 채워나간다. 또한 서울색도 있다. 서울특별시에서 도시 고유의 독특한 매력과 브랜드 가치를 높이기 위해 서울의 역사와 환경을 배경으로 정한 색체이다. 꽃담황토색도 서울색 10가지에 포함되어 있다. 이처럼 21세기는 점점 더 알록달록해지고 있다. 수많은 전시전들과 미술관이 일상생활에 자리 잡고 있으며 더러 유명한 작품들은 마케팅되어 컵이나 쇼핑백, 광고 등에서 쉽게 볼 수 있다. 우리는 이미지의 홍수 속에서 살고 있는 것이다. 그 이미지들은 각각 자신의 의미를 갖고 있으며 그것을 표현해내고 있다.[2]

3. 글 마무리하기

글쓰기에서 마무리는 글의 전체적인 내용을 정리하고 독자에게 마지막 인상을 주는 부분이므로 중요하다. 잘 마무리된 글은 독자의 마음에

---

2) 김형근, 『감성과 실용의 글쓰기』, 보고사, 2013, 101~103쪽.

오랜 시간 여운을 줄 수 있다. 따라서 글을 쓸 때는 마무리 부분에도 충분한 시간과 노력을 투자하여, 글의 품격을 높이는 데 도움을 주는 것이 좋다.

① 요약하기

글의 주요 내용, 주장 또는 중요한 지점을 다시 한번 되짚어봐야 한다. 마무리 부분에서는 글의 본문에서 언급된 핵심 사항들을 간략하게 요약하여 독자가 내용을 다시 한번 상기할 수 있도록 해야 한다.

② 독자를 위한 메시지 제공

마무리는 글의 중심이 되는 메시지나 교훈을 명확하게 전달하는 기회이다. 글의 주제나 목적에 따라 독자에게 태도를 권장하거나, 새로운 생각을 제안할 수 있다. 그들 스스로의 생각이나 느낌을 탐색하게 만드는 것도 좋은 방법이다. 이러한 방식은 글이 끝나더라도 독자가 주제에 대해 계속 생각하게 만든다.

③ 여운을 주기

이야기나 논점을 통해 독자의 감정과 연결되도록 해야한다. 인용구, 시적 표현, 또는 감동적인 이야기를 사용하여 글의 마무리 부분에 감성적인 측면을 더할 수 있다. 글의 주제나 내용에 따라 미래의 전망, 예측, 희망 사항 등을 제시함으로써 독자에게 앞으로의 방향을 모색하거나 희망적인 태도를 줄 수 있다.

④ 질문하기

독자에게 질문을 던져, 그들 스스로의 생각이나 느낌을 생각하게 만드는 것도 좋은 방법이다. 이러한 방식은 글이 끝나더라도 독자가 주제에 대해 지속적으로 생각하게 한다.

⑤ 되돌아보기

글의 시작 부분이나 서론에 제시된 아이디어나 문장을 다시 언급하여 전체 글의 일관성을 유지하며 마무리를 짓는 방법이다. 명확한 종료 표현의 사용이 나타난다. '결론적으로', '요약하면', '따라서'와 같은 표현을 사용하여 독자에게 이제 글이 끝나고 있다는 것을 명확하게 알려줄 필요가 있다.

다만 마무리하는 단계에서 새로운 아이디어나 주제를 도입해서는 안 된다. 마무리 부분은 이미 언급된 내용을 정리하고 마무리 지을 뿐, 새로운 정보나 아이디어를 도입하는 곳이 아니다.

글의 마무리는 간결하면서도 강력해야 한다.

⑥ 글 다듬기

글 다듬기는 처음 쓴 글을 다시 읽어보고 고쳐야 할 부분을 고치는 것이다. 이를 퇴고(推敲)라고 한다. 퇴고는 글을 쓴 후에 여러 가지 과정을 통해 문장, 단락, 구조, 단어 사용 등을 수정함으로써 글의 완성도를 높이는 작업이다. 이는 매우 중요한 과정이다. 하지만 글쓰기는 비교적 주관적인 작업이다. 저자가 집중적으로 글을 작성하다 보면 놓치는 부분이나 문법적 오류, 맞지 않는 단어 등이 글 안에 남아 있을 수 있다. 퇴고는 이러한 문제들을 고쳐서 글쓰기의 완성도를 높일 수 있다.

또한, 글쓰기의 목적은 자신의 생각과 정보를 상대방에게 전달하는 것이다. 누구나 글을 읽고 공감하거나, 이해하기 어려운 내용을 잘 전달하기 위해서는 정확한 문장, 구조, 철자, 맞춤법 등을 사용해야 한다. 퇴고를 하지 않았다면 작성된 글은 명료하지 않을 뿐 아니라, 소통의 목적을 달성하지 못할 가능성이 높다. 반대로 충분히 글을 다듬으면 글은 객관적이고 명확하며, 처음의 준비한 목적을 달성하는 글이 될 수 있다.

4. 퇴고의 방법

① 바로잡아야 할 부분을 찾기 위한 검토 - 우선 글을 이해하고, 그 작성 목적을 파악하는 것이 중요하다. 이후 퇴고를 시작하기 전에 문장 단위로 작성된 글을 인쇄하고, 소리내서 읽으면 크고 작은 문제들을 발견할 수 있다. 이런 작업을 반복하여 문장 구조, 맞춤법, 오탈자, 내용 등을 검토하는 것이 필요하다.

② 문장의 구조 개선과 단락 구성- 퇴고 과정에서는 문장의 구조 개선과 구성이 필요하다. 매우 긴 문장을 나누거나 각 문장에서 바로 이전 문장과 중복된 내용이 있는지 확인하면서 문장의 구조를 개선한다. 이렇게 문장의 구조를 개선하면 글의 흐름이 자연스러워진다. 또한 단락 구성에 대해서도 고려해야한다. 단락은 독자의 이해를 돕는 요소이므로 단락이 길어지면 독자가 지루해할 수 있다. 따라서 각각의 문장, 단락이 명확히 구분되도록 구성해야 한다.

③ 맞춤법과 오탈자의 점검 - 맞춤법, 구두점, 표현 등은 글쓰기에서 매우 중요한 요소이다. 따라서 이러한 규칙들을 지키는 것도 중요하다.

예를 들어, 반복되는 단어를 사용하지 않고, 대신 다양한 유의어나 동의어를 찾아 사용하는 것도 좋은 방법이다. 또한 생소한 용어보다는 가능한 쉬운 표현과 자신이 이해하고 사용하는 표현을 사용하는 것이 좋다. 더 나아가 자신의 글 쓰는 방식을 조금씩 변화시켜서 글을 읽는 독자의 흥미를 유발할 수도 있다.

학습활동

1. 아래의 글을 읽고 글쓰기의 어려움에 대해 이야기해보자.

저도 글쓰기 습관이 어느 정도 잡히기 전까지 말하기보다 글쓰기가 어려웠습니다. 어쩌면 평범한 사람이 겪는 당연한 수순이 아닐까 합니다. 그러한 데는 타인의 시선이 큰 영향을 미칩니다. 혼자 말하고, 혼자 글을 쓰는데 버석거림을 크게 느끼는 사람은 많지 않습니다. 혼자만 볼 일기를 쓸 때 어떠한 어려움을 느끼지 않듯이 말입니다.

우리는 읽는 대상이 존재해야 글쓰기에서 일련의 벽을 만납니다. 돌이켜 보면 우리의 글은 대부분 타인의 평가에 익숙해져 있습니다. 가끔은 점수라는 험난한 장애물도 있죠. 그 순간들이 긍정에 가까운 감정을 유발했다면 더할 나위 없지만, 그렇지 않을 확률이 높습니다. 그러한 과정이 지난하게 이어지다 보면 우리의 글 씀을 스스로 만든 한 평짜리 감옥에서 벗어나지 못한 채 살아갑니다. 타인의 시선을 전혀 고려하지 않은 채 글을 쓴다는 것은 모순에 가깝습니다. 사회라는 세상에서 글을 쓰고 싶다면 말입니다. 우리는 모순에 빠지지 않을 방법을 찾아야 합니다. 우리가 글을 쓰는 이유를 발견하는 것입니다. 이유의 크기와 수는 그리 중요하지 않다고 생각합니다. 선명도의 차이가 글 씀을 이어가게 만드는 동력이 되니까요.

이 과정에서 우리는 또 다른 모순을 만나기도 합니다. 쓰는 이유를 단기간에 발견하기 쉽지 않습니다. 꾸준하게 글을 쓰려면 몇 가지 단계가 필요합니다. 먼저, 일단 써 내려가야 합니다. 어떤 글을 써야 할지 모르겠다면 오늘의 기분을 다섯 문장으로 표현하는 것부터 연습해보시면 좋습니다. 흔히 말하는 감정을 사유화하는 첫 단계입니다. 다음으로 주위를 바라봐야 합니다. 쓰다 보면 소재 고갈이란 벽을 만납니다. 일상에서 마주하는 주위의 풍경, 사람들의 표정 등이 글에 풍성함을 더할 수 있습니다. 마지막으로 글의 변화를 스스로 목격해야 합니다. 앞선 두 단계를 거치다 보면 글에서 마주하는 일련의 변화를 발견할 수 있습니다. 그 순간의 기쁨을 차분하게 만끽하면 좋습니다. 다만 이 과정에는 글쓰기의 꽃이라 불리는 퇴고가 필수입니다. 퇴고는 쓰는 사람의 권리이자 의무입니다. 퇴고하지 않은 글은 변화의 초입에서 머무를 확률이 매우 높습니다.

- 김성환, 「코로나 시대, 글을 더 써야 하는 이유」, 2021.2.23 -

2 글쓰기 능력 향상을 위한 자신만의 전략이 있다면 소개해보자.

3 그림도 글쓰기의 소재가 될 수 있다. 아래의 그림을 보고 자신의 생각을 적으시오.

미국의 화가 그랜트 우드(Grant Wood)의 『아메리칸 고딕(American Gothic)』의 일부분이다. 명화 속 남자의 표정을 보고 기분이나 상황, 생각을 파악해 보는 것이다. 눈과 입, 표정 전체의 느낌 등을 통해 추리해 볼 수 있다. 굳은 표정을 보고 화가 났다고 생각할 수도 있고, 부릅뜬 눈을 보고 눈싸움을 하고 있다고 여길 수도 있다.

「아메리칸 고딕」은 미국 지역주의 미술의 전형을 보여주고 있는 그의 가장 유명한 작품이다. 우드는 이 작품을 가리켜 단순한 '수직 구도의 습작'이라고 말하였지만, 실제로는 대단한 평판을 얻었다. 마을의 치과 의사와 우드의 누이인 낸(Nan)을 모델로 한 이 작품은 19세기 중반 미국에서 유행한 카펜터 고딕양식의 농가를 배경으로 엄숙한 표정의 두 남녀를 간결하고 냉정한 사실주의 기법으로 그리고 있다. 우드가 아이오와 남부의 작은 마을 엘든이라는 곳에서 발견한 이 하얀 집은 단순하고 엄격한 건축양식의 특징을 보여주는 것으로 작품의 제목과 전체적인 분위기를 주도하고 있다.

그림 속의 두 남녀는 흔히 부부로 오해되고 있는 것과는 달리 우드 자신은 시골 농부와 그의 딸로 설정하고 있다. 건초용 갈퀴를 들고 있는 남자는 자신의 일과 땅을 지키려는 의지가 단호해 보인다. 안경 너머로 정면을 응시하는 눈과 꼭 다문 입술에서는 고집스러움이 묻어 나온다. 반면 옆을 바라보는 여자의 시선은 이곳이 아닌 다른 곳으로의 열망을 읽게 한다. 여자의 기다란 목 부분에 한 가닥 빠져나온 머리카락과 블라우스에 달린 브로치는 억눌린 열정을 암시한다고 해석하기도 한다.

이 작품은 처음 전시되었을 때 미국 중서부 시골 문화 특유의 편협함과 지역적 억압을 은밀하게 비판한 것으로 간주되었고, 대도시 미술평론가들의 비아냥거림을 받아 고향 사람들의 분노를 사기도 하였다. 그러나 그러한 해석보다는 그가 나고 자란 아이오와주의 작은 마을의 생활모습을 담은 정겨운 초상화이며, 이들의 금욕적 가치에 대한 옹호로 봐야 한다는 사람들이 늘어났다. 오늘날까지도 이 그림은 여전히 수수께끼로 남겨진 가운데 미국 회화사상 가장 많은 패러디가 나온 작품이다.

「아메리칸 고딕」이 전시되었을 때 상당한 논쟁을 일으켰다. 이 시기

미국은 급격한 도시화가 진행되어 있었고, 경제적으로는 대공황의 격변기였다. 한쪽에서는 이 그림은 중서부 시골의 삶을 미국적 가치로 찬양한 작품으로 평가되었다. 힘들었던 시대 속에서 마음의 평온을 주는 전원적 삶이 드러난 것으로 보았다. 다른 편은 중서부 시골의 삶에 대한 강한 풍자가 드러난 그림이라고 주장하였다.

그림을 잘 살펴보면 불만이 가득한 여자의 표정, 근엄한 남자가 들고 있는 갈고리, 고딕 양식의 창문, 뾰족한 지붕이 모여서 묘한 분위기를 연출한다. 이런 애매하고 독특한 설정 때문에 이 작품을 다양하게 해석할 수 있다.

읽기자료

까마귀는 검지 않다

박수밀(한양대 연구교수)

바야흐로 다양성의 시대를 살아간다고 말들 하지만 현실에선 하나의 틀로 가두려는 욕망과 하나의 색을 강요하는 시선들이 우리의 삶을 괴롭힌다. 자기 기준과 다르면 다짜고짜 '틀렸어'라며 비난하고, 자기 틀에서 벗어나면 내 편이 아니라고 배척한다. 나와 우리만이 옳다는 하나의 잣대를 만들어 놓고 틀 밖의 사람들을 향해 비난하고 욕을 한다. 미리 정해둔 색안경을 쓰고 세상을 하나의 색으로만 보려고 한다.

조선 후기 문장가인 연암 박지원은 세상을 한 가지 색으로 가두지 말라고 당부한다. 우리는 흔히 까마귀는 재수 없는 새라는 편견이 있어서 까마귀를 싫어하고 자세히 보려고 하지 않는다. 까마귀는 멀리서 보면 그 이름과 같이 까맣게 보인다. 하지만 가까이서 자세히 관찰하면 실제로는 검붉은 까마귀가 많으며 푸른빛을 띤 까마귀도 적지 않다. 또 날아가는 까마귀에 햇볕이 비치면 자주색으로 빛나다가 얼핏 비취색으로도 변한다. 그리하여 연암은 말하기를 "내가 푸른 까마귀라고 말해도 괜찮고 붉은 까마귀라고 말해도 상관없다"고 한다. 사물은 본래 정해진 색이 없는데 내가 눈으로 먼저 정해버리는 것이라 연암은 말한다. 심지어 보지도 않으면서 마음속에 미리 까맣다고 판정해 버린다고 탄식한다.

내 눈으로 직접 확인해 보지도 않고서 주워들은 정보로 미리 판단하는 태도를 선입견이라고 한다. 선입견은 편견을 심어줘 누군가를, 혹은 세계를 정해진 틀로 정형화해 판단하게 한다. 그리하여 대상을 있는 그대로 보지 않고 미리 부정적인 시선을 갖게 만든다. 연암은 작금의 세태를 서글퍼하며 말한다. '슬프다! 까마귀를 검은색에 가둔 것도 충분한데 다시 까마귀를 기준으로 세상의 모든 색을 가두는구나.'

지금 우리가 사는 세상은 어떤가. 사회 곳곳에서 일어나는 비인간적이고 폭력적인 행위들, 내 쪽만이 옳다는 편향된 생각, 모든 것을 이분법으로 편 가르는 태도, 자기 신념에 갇힌 극단적 범죄들, 이러한 살풍경은 갇힌 세계에서 지내다 보니 생각이 고정되고 한쪽에 치우쳐져서 벌어지는 일들이다. 자기만의 공간, 닫힌 공동체에서 지내다 보면 생각의 범위가 한정되어 편향된 사고가 만들어지고 네트워크가 나를 중심으로만 좁혀지게 된다. 나와 우리 이외의 것은 나쁘다고 생각하는 선입견이 만들어진다. 선입견에 얽매여 좋지 않게 보는 태도를 '색안경'이라고 이른다. 색안경은 세상을 한 가지 색으로만 보게 만든다. 색안경을 쓰게 되면 다양한 색으로 빛나는 세상을 보는 건 불가능하며 세상은 자신이 쓰고 있는 색안경의 색깔로 존재하게 된다. 우리가 아닌 것엔 장벽을 세우고 편을 갈라 그들을 향한 혐오의 막말과 난폭한 행동을 아무런 죄의식 없이 스스럼없이 하게 된다.

색안경을 끼고 보면 타인은 다 적이지만 색안경을 벗고 보면 너의 눈동자에 내가 있다. 내가 너고 네가 나다. 색안경을 벗고 까마귀를 자세히 보라. 내가 싫어했던 검은 까마귀에게서 푸른색으로 빛나고 붉은색으로 빛나는 날개를 보게 될 것이다. 맑은 날의 바다는 짙은 남색이고 흐린 날의 바다는 연한 녹색이다. 바다는 하나의 색을 보여준 적이 없건만 나의 색안경이 하나의 푸른색으로 가두었을 뿐이다. 까마귀는 다양한 색으로 빛나건만 나의 선입견이 하나의 색으로 고정했을 뿐이다. 나와 우리라는 틀을 넘어 다른 세계와 부단히 접촉하고 기꺼이 월경(越境)할 때 다양한 색이 어우러지고 차이는 존중될 것이다. 색안경을 벗을 때 다양한 색으로 물든 바다, 다양한 색으로 빛나는 까마귀 날개를 보게 될 것이다. 세상을 다채로운 색으로 물들이는 것은 경계를 넘고 색안경을 벗으려는 나의 노력 여하에 달렸다.

읽기자료

인간과 동물의 조화로운 공존을 위한 과제

하경숙

  '고기 없는 월요일'은 영국 유명 그룹 비틀즈(The Beatles)의 멤버였던 폴 매카트니(Paul McCartney)가 자신의 딸들과 함께 2009년에 시작한 캠페인이다. 공장식 축산으로 인해 생기는 폐해를 해결하기 위해 일주일 중 최소한 하루는 채식을 하자는 제안이다. 이 캠페인을 주도하는 비영리 시민단체도 '고기 없는 월요일'을 정식 이름으로 채택했다. 많은 사람이 일주일 중 하루만 실천하여 힘을 보태면 지구를 바꿀 수 있다는 취지였다.

  『가축이 행복해야 인간이 건강하다』의 저자 박상표는 소수의 다국적 거대 농축산 기업은 세계에서 소비되는 소고기의 43%, 닭고기의 74%, 달걀의 68%를 공장식 축산 방식으로 생산, 제공해오고 있다고 설명한다. 이들 기업은 곡물, 사료, 유통, 소비에 이르는 전 과정을 장악하여 막대한 수익을 창출하며, 나아가 공장식 축산 방식에 이용되는 농약, 화학비료, 항생제, 성장호르몬 등을 생산하는 업체와 거대한 이윤의 담합을 형성하고 있다.

  대기업 주도의 공장식 축산업이 도입되고 확장되면서, 자연친화적 방식을 이용해 소규모 축산 농가를 이루고 있던 마을 공동체는 공장식 축산 형태로 대체되고 있다. 대기업 생산 제품, 공장식 축산업을 통해 생산되는 수입 축산물과의 가격 경쟁에서 실패를 거듭하고 있다는 것이다. 공장식 축산업 방식의 도입과 확대로 인해 소규모 축산 농가는 생존권을 박탈당하고 설 곳을 잃어가고 있다.

  생태계와 배치되는 비정상적이며 상업적인 공장식 축산은 이미 인간에게 광범위한 폐해를 미치기 시작했다. 2017년에 발생한 살충제 달걀 파동의 본질은 A4용지 한 장 정도의 케이지(cage) 닭장에 세 마리의 닭을 키우면서 발생한 사건이다. 좁은 공간에서 극도의 스트레스로 인한 자해와 육계의 손상을 막기 위해 부리를 자르고, 깃털을 뽑는 등의 만행이 지속되었다. 정상적인 방사 사육은 아니더라도, 가끔씩 흙 목욕만

할 수 있어도 없어질 수 있는 진드기를 좁은 공간에서 공장식 사육을 하는 닭의 경우는 막을 수가 없다. 그래서 닭장 소독에 맹독성 농약을 사용하고, 이것이 닭과 달걀에 침투 후 잔류 농약으로 남아 인간에게 피해를 끼치게 된 것이다.

공장식 사육을 유지하려면 동물들에게 항생제를 과다하게 투약할 수밖에 없는데, 이렇게 투여한 항생제가 인체에 남아 이제는 항생제 내성으로 인해 인간이 사망하는 경우가 속출하고 있다. 영국에서는 패스트푸드(fast food)를 장기간 먹은 여성이 햄버거의 패티(patty)에 들어 있는 고기를 섭취한 후 항생제 내성이 생겨 사망한 경우도 있었다. 『생추어리 농장』의 저자 진 바우어(Gene Baur)는 항생제의 잔유 물질이 간혹 인간이 섭취하는 소고기에서 발견된다고 지적한다. 이는 인간의 항생제 내성을 강화시켜, 인간을 바이러스 등 질병 유전인자에 특히 취약하게 만든다.

결국 보다 값싸게 축산품을 제공받고자 하는 인간의 욕망이 가져온 엄청난 비극의 결과이다. 인간의 과도한 욕심을 충족하기 위해 세상 모든 것을 다 가지거나 가두어서는 안 된다. 무엇보다 이윤 추구를 위해 가축들을 공장식으로 사육하는 것은 살아 있는 생명에 대한 존엄성을 훼손하는 것 뿐 아니라 결국은 인간의 본성마저 파괴하는 지름길이다.

당장에 공장식 축산을 그만두기는 현실적으로 어렵다. 그러나 살아있는 생명이 조화롭게 살 수 있는 방안이 모색되어야 하는 것은 분명한 사실이다. 최근 동물보호단체와 관련한 전문가들은 밀집된 환경에서 가축을 사육하는 방식을 개선하여 가축의 면역력을 높여야 한다고 주장하는데, 이 역시 적극적으로 실천해야 할 지점이다.

매년 구제역, 조류 독감 등이 반복되고 공장식 축산이 개선되지 않는 한 이들 질병에 따른 위협은 줄어들지 않을 것이다. 아마 우리가 모르고 있을 신종 감염병이 다시 유행할 수도 있다. 정부도 환경을 생각하고, 동물복지에 최선을 다하는 체제를 마련해야 한다. 보다 근본적으로는 취약한 시설에 있는 가축의 사육 방식을 개선하기 위해 방안을 시급히 내놓아야 한다. 살아 있는 모든 생명체에 대한 존엄을 지켜주는 것이 결국 인간의 존엄과 삶을 지키는 길이기 때문이다.

창의적인 사고와 스토리텔링

1. 창의적 사고의 개념과 글쓰기

창의적 사고란 이전의 지식이나 경험을 바탕으로 상황에 맞는 새롭고 가치 있는 결과물을 만들어내는 능력, 또는 새로운 의견이나 아이디어를 제시할 수 있는 정신적 능력이라 할 수 있다. 창의적 사고를 위해서는 주변 세계에 관심을 갖고 늘 관찰하는 태도를 유지하는 것이 필요하다. 그리고 남들과는 다른 관점과 시선으로 사물과 현상을 바라보고 새로운 언어와 참신한 표현으로 나타낼 수 있어야 한다. 창의적 사고는 글을 쓸 때 새로운 주제와 소재를 제공하며 읽는 이에게 흥미를 불러일으킬 수 있다. 글쓰기 과정에서 창의적 사고가 가장 크게 영향을 미치는 부분은 아이디어 창안 과정으로, 좋은 글을 쓰기 위해서는 글쓰기의 방법을 익히는 한편 대상에 대한 참신한 인식과 창의적인 사고의 전환이 필요하다.

창의적 사고는 어떤 사물을 합리적으로 추론하고 당위성을 찾기보다는 다양한 시각으로 보는 방법에 새로운 아이디어를 가지고 접근하는 방식이다. 다시 말해 새로운 의견을 생각해 내는 것이다.

2. 창의적 사고를 위한 노력

창의적 사고를 위한 노력을 여러 가지가 있다. 우리가 일상생활에서 쉽게 경험하고 연습할 수 있는 방법은 다음과 같다.

첫째, 다양한 관점으로 시도하는 것이다. 이는 남들이 생각하지 못한 것을 묻고, 남들이 생각하지 못한 것을 찾는 것이다. 즉 새가 한 마리 날아가는 것을 보고, '깃털이 없으면 새가 날 수 있을까?'와 같은 생각을 갖는 것이다. 기존과는 다른 엉뚱한 질문이 어느 날 엄청난 결과를 가져올 수 있다.

둘째, 사물에 관심을 갖고 자세히 살펴보는 것이다. 궁금한 것이 있으면 그 대상을 면밀히 살피고, 분석하는 것도 좋다. 주변 세계에 관심을 가지고 관찰하는 태도와 분석하는 습관을 길러야 한다. 자세히 살펴보고 관찰하면 새로운 것을 발견할 수 있다. 창의력은 새로운 관점으로 바라보고 다양한 경우를 생각하는 연습에서 비롯되기 때문이다. 태어날 때부터 창의적인 사람은 극소수이다. 대부분 창의적인 생활과 습관을 통하여 만들어진다.

셋째, 새로운 것을 시도하는 것이다. 아주 사소하지만 일상적인 것에 변화를 두는 것이 좋다. 가령 등굣길에 매일 지하철을 이용했다면 버스를 탑승하거나 미리 내려서 걸어보는 것도 좋다. 이전과는 새로운 무엇인가를 발견할 수 있다. 새로운 질문을 하거나 다양한 정보를 수집하는 노력 등도 좋은 습관이다. 이렇게 수집된 여러 정보나 자료들을 '연결고리와 융합을 통해 재구성'하는 습관을 통해 새로운 생각이 탄생할 수 있다.

'야누스적 사고'라는 말이 있다. 야누스(Janus)는 로마 신화에 나오는 문지기의 신이다. 야누스는 두 개의 얼굴을 가지고 있어서 앞과 뒤를 동시에 볼 수 있는 능력이 있다. 이는 문지기로서 적합한 것이다. 고대 로마인들은 문에 앞뒤가 없다고 생각하여 문지기는 두 개의 얼굴을 가지고 있는 것으로 여겼으며, 미술 작품에서는 4개의 얼굴을 가진 모습으로 그리기도 하였다. 집이나 도시의 출입구 등 주로 문을 지키는 수호신 역할을 하였는데, 문은 시작을 나타내는 데서 모든 사물과 계절의 시초를 주관하는 신으로 숭배되었다. 영어에서 1월을 뜻하는 재뉴어리(January)는 '야누스의 달'을 뜻하는 라틴어 야누아리우스(Januarius)에서 유래한 것이다. 새해를 여는 1월의 영어단어 재뉴어리(January)는 로마 신화에 등장하는 야누스 신(神) 이름에서 유래한다. 문(門)의 수호신, 야누스(Janus)가 시간의 문을 열어야 새로운 한 해가 시작된다는 의미가 담겨 있다. 통상 '야누스의 얼굴'이라는 표현을 쓰는데, 양면성을 지니고 있기 때문이다. 야누스는 머리의 앞과 뒤에 두 얼굴을 갖고 있기에, 시간적 해석으로는 지난해를 성찰하고 이를 통해 새해를 설계하라는 은유와 상징이 담겨 있다. 두 얼굴을 지닌 모습에 빗대어 이중적인 사람을 가리키기도 하고, 토성의 여섯 번째 위성의 명칭으로도 쓰인다.

야누스적 사고(Janusian thinking)는 서로 반대되는 양극 간의 관계와 맥락을 상호작용을 유도해 잠재되어있는 새로운 사고의 영역을 자극하여 창의적인 발상을 유도하는 사고방식이다. 창의적인 사고의 발현에 요구되는 진정한 사고방식으로서 인식될 수 있어야 한다. 야누스적 사고의 유의미함은 양극 간에 존재하는 대립적이고 상충적인 개념들이 동공간(homospatial)의 범위 안에서 서로 포용하고 상호작용함으로써 새로운 중심을 만들고, 그러한 중심으로부터 창조되는 합(合)의 가치에 있다. 따라서 야누스적 사고의 중요성은 창의성과 뗄 수 없는 관계인 융복합의 영역에도 시사하고 있는 바가 매우 크다.

즉, 창의적 사고는 확산적 사고(diverse thinking)를 통해서 사고의 범위를 크게 넓히다가 어느 시점에서 그 반대 방식의 사고인 수렴적 사고(convergent thinking)를 적용하여 문제의 본질로 생각을 다시 복귀시키는, 두 사고의 조화로운 공존이라 할 수 있다. 야누스적 사고는 반대파의 통합을 요구하기 때문에 특히 창조적 생산의 초기 또는 영감 단계에서 적극적으로 적용된다. 이는 양쪽의 방향을 동시에 바라보고 있는 로마의 신 야누스의 의식적인 공존성을 표출하는 것이다. 창의적 이라고 인정받는 사람들은 자연의 현상학적 관계, 개인과 집단의 관계, 동시에 진실과 진실이 아닌 명제, 또는 조화롭거나 조화롭지 못한 명제 등이 서로 동일한 공간에서 동시에 작용하는 것으로 간주한다.

예를 들어서, 달리는 사람은 움직이는 동시에 움직이는 것이 아니며, 화학 물질은 끓어오르면서 차갑게 얼어버릴 수 있으며, 이전에 유지되었던 신념이 여전히 유효하지만 대립되는 신념이 더 유효할 수 있는 것이다. 따라서 야누스적 사고는 이전에 유지되었던 시스템의 분열과 혼란을 만들어내지만 궁극적으로는 새로운 것의 개발을 촉진한다.

문과식 수학

　　　　　　　　　　　– 주미르

코끼리를
냉장고에

무슨 수로
넣을 거냐

예쁘단 말
한 마디에
너 하나를
못 담는데

창의적 사고를 이끌어내는 '5 Why 분석법'이 있다. 이는 문제가 발생할 때마다 연속적(최소한 5회)으로 문제 발생 이유('왜?')를 질문하여 문제의 근본적인 원인을 찾아내는 데 사용하는 문제 해결 기법이다. 5Why 기법은 사고 근본원인 분석기법의 한 종류로서 'Why, 왜'라는 반복적인 질문을 통해 그 사고의 기본원인을 도출하고 원인에 적합한 개선방안을 모색하는 원인 결과 프로세스 과정이다.

우리는 음악의 아버지라고 불리는 작곡가를 바흐라고 말하고, 음악의 어머니는 헨델이라고 한다. 이는 모르는 사람이 없을 정도로 대부분 익숙하다고 생각하지만, 한 가지 질문을 하게 되면 대부분 사람은 갑자기 말문이 막혀 버린다. 그 질문은 바로 'Why(왜)?'이다. 왜 음악의 아버지가 바흐이고 음악의 어머니가 헨델이라고 불리게 된 것인가? 심지어 헨델이 여자이기 때문에 음악의 어머니라고 불리는 것이 아니냐고 반문을 하는 사람들도 있다. 'Why(왜)?'라고 질문하는 것이 왜 중요한 것인지 그리고 어떻게 활용하면 좋을지 고민해야 한다.

다국적 기업들 중에서 창의성을 가장 먼저 강조한 곳은 일본의 '도요타 자동차'라고 한다. 1938년 창업 이래 창조와 품질을 신조로 삼고, 창의적 사고를 강조해 왔다. 창의적 솔루션을 찾기 위해 사용한 것이 어떤 일이든 다섯 번은 고민해야 한다는 '5 Why?' 기법이다.

5WHY와 관련해 도요타에서 흔히 언급되는 사례가 있다. 용접 로봇에 고장이 나서 생산에 차질이 빚어졌을 때다. △(1why) 용접 로봇이 왜 멈추었나? 회로에 과부하가 걸려 퓨즈가 나갔기 때문이다. △(2why) 회로에 왜 과부하가 걸렸나? 기계작동을 담당하는 축의 베어링이 충분하게 미끄럽지 못했기 때문이다. △(3why) 베어링이 왜 충분하게 미끄럽지 못했나? 용접 로봇의 오일펌프가 충분한 오일을 순환시키지 못했기 때문이다. △(4why) 오일펌프가 왜 오일을 순환시키지 못했나? 펌프

의 흡입구가 금속 부스러기로 막혔기 때문이다. △(5why) 흡입구에 왜 금속 부스러기가 막혔나? 펌프에 필터가 장착돼 있지 않았기 때문이다. 결론은 노후된 오일펌프와 필터를 교체하는 것이었다. 자칫 처음에 나온 "퓨즈를 교체한다"로 문제를 해결한다고 생각할 수 있으나, 도요타는 진짜 원인을 찾으려면 계속 생각을 밀어붙여야 한다고 판단했다. 퓨즈가 끊어진 것이 원인이긴 하지만, 근본 원인은 아니었다. 만약 퓨즈만 고쳤다면 머지않아 같은 문제가 재발한다는 것이다.

물론 5WHY에서 '5'는 상징적인 숫자다. 2~3번 만에 진짜 해답을 찾기도 하고 반대로 10번 넘게 물어야 할 때도 있다. 인간은 진짜 문제를 알아야 제대로 움직인다. 전문가들은 5WHY를 잘하는 비결로 첫째, 사실 기반으로 풀어 나가야 한다고 말한다. 둘째, 인과관계는 단순할수록 좋다고 한다. 셋째, 내용은 정확하고 타당성이 있어야 하는데 보통 객관적인 사실과 데이터로 입증할 수 있어야 한다.

'5 Why'를 통한 다른 적용 사례가 있다. 미국 워싱턴 토마스 제퍼슨 기념관의 대리석이 심하게 부식되는 일이 발생했다. 기념관을 방문한 사람들은 관리 부실로 인한 훼손이라고 민원을 제기했고, 기념관의 이미지는 날로 악화되었다. 기념관장은 고민 끝에 대리석 보수작업에 많은 시간과 비용이 소모되는 것을 막고자 'Why(왜)?'라는 질문으로 문제를 해결했다.

△(1why) 왜 대리석이 빠르게 부식되는가? 세제로 대리석을 자주 닦기 때문이다. △(2why) 왜 세제로 자주 닦는가? 비둘기가 많아 배설물이 많이 발생하기 때문이다. △(3why) 왜 비둘기가 많은가? 비둘기의 먹이인 거미가 많기 때문이다. △(4why) 왜 거미가 많은가? 주변 건물보다 전등을 빠르게 켜서 거미의 먹이가 되는 나방이 많이 몰려들기 때문이다. △(5why) 왜 전등을 빠르게 켜는가? 기념관 직원들이 다른

직장보다 일찍 퇴근하면서 전등도 일찍 켜기 때문이다. 결국 토마스 제퍼슨 기념관은 불을 켜는 직원들의 퇴근 시간을 늦춰서 대리석의 부식 현상을 방지할 수 있었다.

오래전 문제해결연구회라는 모임에서 '1992년 IBM은 50억달러 손실이 났고 10만명을 해고했다'라는 제목으로 5WHY 실습을 했는데, 눈길을 끄는 분석 사례가 있었다. △(1why) 왜 50억달러 손실이 났는가? 개인용 PC 사업을 대비하지 않았기 때문이다. △(2why) 왜 개인용 PC 사업을 대비하지 않았는가? 기존 사업만으로도 수익이 창출되고 있었기 때문이다. △(3why) 왜 기존 사업만으로도 충분한 수익이 창출된다고 생각했는가? 과거의 성공 경험에 취해 있었기 때문이다. △(4why) 왜 과거의 성공 경험에 취해 있을 수밖에 없었을까? 과거의 성공 경험을 이룬 관리체제가 견고했기 때문이다. △(5why) 왜 과거의 관리체제를 고수하려고 했을까? 확실한 성공만을 요구하는 조직의 관성 때문이다. 5WHY를 통하면 불량품을 가리는 생산 현장은 물론이고, 개인·기업·정부 모두 고루 활용할 수 있다

'왜'는 존재나 행위의 이유 혹은 의미다. 개인이나 조직의 존재 이유 즉 가치관 즉 비전에 연결된다. 강한 조직일수록 조직원들에게 선명한 목표와 방향을 제시하고 동기를 부여하는 강력한 비전을 갖추고 있다. 스티븐 코비는 "이유(Why)를 가진 자는 어떤 목표(What)나 어떤 수단(How)도 감당할 수 있다"고 하였다. 그래서 훌륭한 지도자일수록 '왜'(Why)를 전달하는 능력이 탁월하다.

그렇다면 '5 Why?'기법을 효율적으로 활용하는 방법은 무엇일까?

첫째, 통제가 가능한 것들만 대답해야 한다. 무조건 "Why(왜)?"만 외친다고 문제가 해결되지 않는다. 우리가 현재 시점에서 해결할 수 있는 답변을 해야만 의미가 있다. 예를 들어 "왜 나는 키가 작은 것일

까?"라는 질문은 더 키가 클 가능성이 없는 성인의 경우 의미가 없는 질문이 된다.

둘째, 근거가 있고 검증이 가능한 사실만을 대답해야 한다. 예를 들어서 "직원들은 왜 회사에 불만이 많은 것일까?"라는 질문에 "직원들의 마음가짐과 태도가 좋지 않기 때문이다"라고 답을 한다면 적절하지 못한 답변이 된다. "동종업계의 급여 수준이 우리 회사보다 10% 높고, 출퇴근 시간이 자유롭기 때문이다"라는 구체적인 수치와 근거를 명확히 설명할 수 있는 답변을 해야 한다.

셋째, 더 이상 'Why(왜)?'라고 질문할 수 없을 때까지 대답해야 한다. 계속해서 'Why(왜)?'라는 질문을 통해 문제의 근본에 도달하게 되면 더 이상 'Why(왜)?'라는 질문을 할 수 없게 된다. 이것을 우리가 찾던 문제 해결의 핵심이 되는 근원이다. 위의 세 가지 규칙을 준수하면서 '5 Why?' 기법을 활용한다면 창의적 사고를 통한 문제 해결이 가능해질 것이다.

3. 이야기와 정보

우리는 타인(他)을 향해 흔히 이런 말을 건넨다.

"이야기 좀 할까?"

이 말을 건네는 이는 지금 어떤 마음을 가진 것일까? 상대에게 어떤 불만을 표현하는 것일 수도 있고 혹은 뭔가 특별한 사연을 이야기하려는 것일 수 있다. 또 애틋한 마음을 전하고자 할 수도 있겠고 무엇인가

숨겨둔 비밀을 털어놓으려고 할 수도 있을 것이며 그냥 심심해 시간이나 때우려는 의도일 수도 있을 것이다. 사람들은 항상 이야기를 한다. 이야기를 통하지 않으면 서로를 연결하는 고리는 없다. 글을 써서 전하는 것도 엄밀히 말하면 매체가 변형된 이야기이고 방송에 출연해 일방적으로 자신의 내면을 표현하는 것도 이야기의 한 방법이다.

1) 이야기와 정보의 특성

인간의 삶은 항상 이야기와 함께 존재했다. 무인도에 홀로 남겨진 사람이라 하더라도 스스로 삶을 포기하지 않는 이상 그 속에서 이야기는 항상 생성된다. 몇 해 전 개봉한 영화 〈그래비티〉의 주인공은 우주 한가운데 홀로 남겨지게 된다. 인간은 이야기의 소재를 만들고 또 그 이야기에 통해 살아간다.

이 지점에 대해 우리는 고민하게 된다. 고립 속에서 살아간 이들이 끝내 발견되지 않고 숨을 거두었다면 그들의 삶은 이 세상에 존재하는 것인가? 그들의 삶은 없는 것이나 마찬가지다. 우주에 홀로 남겨진 박사가 도저히 살아갈 수 없는 상황에서 스스로의 능력으로 살다가 마지막에 세상을 떠나게 된다는 설정을 할 수 있다. 그러나 그의 다채로운 이야기가 전달되지 않으면 그것은 존재하지 않는 것이다. 그러므로 인간의 삶을 비롯한 세상의 모든 일은 이야기를 통해 전달될 때 존재하는 것이다. 물론 인간의 삶이 실체이긴 하지만 그 실체는 이야기가 존재하지 않으면 확인할 수 없다.

'이야기는 삶의 도구이다.'

- 케네스 버크 -

이야기는 진실로 중요하다. 이야기가 없는 일상은 존재하지 않는다. 이야기는 세상의 모든 현상을 전달하는 가장 보편적이고 발전된 수단이다. 이야기는 인류가 시작하면서 탄생했고, 발전했으며 여전히 지속하고 있다.

우리는 이야기를 어떤 방식으로 표현할 수 있는지 고민해야 한다. 발터 벤야민은 자신의 저서『발터 벤야민의 문예이론』에서 이야기를 이렇게 설명하고 있다.

> 이야기는 먼 곳에서 일어난 흥미로운 일이 듣는 이에게 기억되기를 의도하며 오랜 시간 전달 내용의 생명력과 유용성을 유지하면서 사건, 사물과 함께 체험한 사람의 흔적을 전달하는 매체이다.

벤야민은 이야기의 정의에 관한 이해를 돕기 위해 정보에 관한 정의도 함께 기술하고 있는데,

> 정보는 사물과 사건의 순수한 실체를 전달하려는 목적을 가지고 가까이에서 일어나는 검증 가능한 일이 듣는 이를 자극하기를 의도하지만 전달된 그 순간부터 내용의 유용성과 생명력이 쇠퇴하는 매체이다.

이야기와 정보가 가진 특징적 사항을 간추려보면 다음과 같다.

정보
① 가까움: 지정학적 위치나 장소, 시간이 정확해야 이용의 가치가 높음.
② 검증: 무의미하거나 거짓된 것을 추출.
③ 자극: 현실적인 목적성을 가지고 전달되기를 희망함.
④ 짧은 생명력: 되도록 많은 전달성을 미덕으로 가짐.
⑤ 실체 전달: 활용은 상관없지만 변용이나 왜곡을 허락하지 않음.

---

① 먼 곳: 지정학적 위치나 장소, 시간의 구체성이 중요하게 다루어지지
   않음.
② 흥미: 사실이나 실체에 관한 특별한 검증이 우선시 되기보다는 듣는
   이의 관심을 우위에 둠.
③ 기억: 듣는 이의 기억에 남아서 다시 다른 이에게 전달되기를 바람.
④ 생명력과 유용성: 일회적인 용도로 이용되지 않고 사회와 세대를 초월
   하여 이용됨.
⑤ 흔적 전달: 활용이나 변용, 왜곡 등에 구애받지 않고 비교적 자유롭게
   전파됨.

벤야민은 모든 이야기꾼들이 끄집어내는 이야기의 원천은 입에서
입으로 전해지는 경험이라고 했다.

2) 사기史記와 유사遺事의 차이점

『삼국유사』와 『삼국사기』는 우리 민족을 대표하는 역사서이다. 그렇
다면 두 책의 제목 쓰이고 있는 유사와 사기는 어떤 의미를 가질까?
『삼국사기』와는 대조적으로 『삼국유사』의 경우, 책 이름의 '유사'가 '남
겨진 사실', '버려진 사실'이란 의미인 데서 알 수 있듯 이전의 사서에서
빠진 내용들을 기록했다는 뜻으로, 『삼국사기』에서 상당수 누락시킨
설화, 불교적 이야기를 중점으로 다루고 있다. 그나마도 『삼국유사』는
『삼국사기』 편찬 이후에 기술되어 『삼국사기』를 적극적으로 반영했기
때문에, 삼국시대를 정통적인 사관에서 다루는 유일한 사서는 『삼국사
기』뿐이라고 봐도 무방하다.

반면에 유사는 옛이야기의 성격이 강하다. 역사적 사건이나 인물을
바탕에 두고 기록되는 것은 분명하지만 그 속에 담긴 내용들은 사기에

서 다루지 못하는 전설이나 신화, 우화 등이 포함되어 있다. 그래서 사기보다는 읽기가 쉽고 훨씬 흥미로우며 전달력이 강하다.

> 시조는 성이 박씨이고 이름은 혁거세이다...고허촌장 소벌공이 양산의 기슭을 바라보니 나정 옆의 숲 사이에 웬 말이 꿇어앉아 울고 있는 것이었다. 다가가서 보자 홀연히 사라져 보이지 않고 큰 알만 하나 있었다. 알을 가르자 그 속에서 한 어린아이가 나오므로 거두어 길렀다...처음 그가 나온 큰 알이 박과 같은 모양이었기 때문에 성을 박씨로 하였다." (김부식, 『삼국사기』)

> "...3월 초하루에 6부의 조상들은 각기 자제들을 거느리고 알천의 언덕 위에 모여 의논하였다...이에 높은 곳에 올라, 남쪽을 바라보니, 양산 밑 나정 곁에 이상한 기운이 전광처럼 땅에 비치는데 흰 말 한마리가 꿇어 앉아 절하는 형상을 하고 있었다. 그곳을 찾아가 살펴보니 보라빛 알 한 개가 있는데, 말은 사람을 보자 길게 말울음을 울고 하늘로 올라가 버렸다. 그 알을 깨보니 사내아이가 나왔는데, 모양이 단정하고 아름다웠다. 놀라고 이상히 여겨 그 아이들 동천에서 목욕시켰다...그를 혁거세왕이라 이름하였다." (일연, 『삼국유사』)

4. 스토리텔링의 기초

요즘 우리의 일상에서 스토리텔링은 그리 낯선 단어가 아니다. 교육이나 강의의 차원을 넘어 마케팅이나 영업의 현장에서도 스토리텔링은 널리 사용되고 있다. 그렇다면 스토리텔링의 정확한 의미는 무엇일까? 우선 단어의 조합에 관해 살펴볼 필요가 있다.

1) 스토리텔링의 의미

```
STORY + TELLING
```

우리말로 바꾸어 보자면 "이야기하다" 정도로 번역이 가능하다. 다시 설명하면 "이야기를 말하는 것"이 된다. 그렇다면 "이야기를 말하다"는 어떤 의미를 가지고 있을까? 앞서 살펴 본대로 이야기는 말을 함으로써 그 존재 가치가 생겨난다. 표출되지 못한 이야기는 이야기가 아니다. 그러므로 스토리텔링에서의 TELLING을 단순한 말하기 행위 정도로 이해해서는 곤란하다. 스토리텔링은 '스토리(story)'와 '텔링(telling)'이 결합된 합성어로 텔링은 '말하다'의 의미 뿐만 아니라 '나타내다, 표시하다'의 의미도 지니고 있다. 인간은 수많은 것을 이야기로 엮어 낸다. 자신이 직접 겪은 일로부터 남으로부터 들은 것, 더 나아가 상상력을 발휘하여 새로운 이야기를 꾸며내기도 한다. 인간의 삶이 다양한 만큼 무수히 많은 이야기가 존재한다. 이야기에 집약(集約)된 무수한 경험과 다양한 상상력은 인간의 삶과 밀접한 관련이 있다. 이러한 이야기는 문자(文字)가 없던 먼 옛날부터 존재한다.

스토리텔링이란 상대방에게 알리고자 하는 바를 재미있고 생생한 이야기로 설득력 있게 전달하는 행위를 일컫는다. 미래학자 롤프 옌센(RolfJensen)은 "세상은 이미 물질적인 부가 아닌 문화와 가치, 생각이 중요해지는 꿈의 사회로 진입했으며, 이러한 사회에서는 브랜드보다 고유한 스토리를 팔아야 하며 이제 스토리텔링을 배우지 못한다면 사람들을 설득할 수 없고, 설득할 수 없다는 것은 원하는 것을 얻지 못한다는 의미와도 같다"라고 말했다.

"이 시대의 소비자들은 광고보다 스토리에 더 열광하고 있습니다.

기업이 진짜 신뢰할 수 있는 스토리를 만들고, 또 그 스토리를 계속 이어나가는 데 열정을 쏟는 것이 단순히 제품을 파는 것보다 낫습니다." 탐스 슈즈(TOMS Shoes)의 창업자 "브레이크 미코스키(Blake Mycoskie)"의 말이다. 그는 기업에서 가장 핵심이 되어야 할 부분이 스토리라고 강조하고 있다. 그가 말하고 있는 "스토리 마케팅"은 브랜드의 특성과 잘 어울리는 이야기를 만들어 소비자의 마음을 움직이는 감성마케팅의 일종으로 이미 오래전부터 사용하고 있었다.

그런데 왜 스토리텔링에 대해 지금도 강조를 하고 있는 것일까? 이유는 간단하다. 사람들은 이야기를 좋아하고 영향도 많이 받기 때문이다. 오죽하면 "설동설"이라는 말도 생겼을까? 세상은 이야기를 중심으로 돈다는 말이다. 사람들은 다양한 사건들 사이에 의미를 부여하고 인과관계를 만든다. 그리고 교훈을 찾고 감정을 공유한다.

결국 사람들의 마음을 움직이는 힘이 되는 것이다.

이야기에는 우선 사람이 있어야 하고 그 사람을 둘러싸고 있는 배경이 있어야 한다. 또 그 배경 속에 사는 사람이 어떠한 사건에 도달하거나 또는 사건을 스스로 만들어야 한다. 그것들이 조합되어서 하나의 구조를 이루어야 하고 반드시 특정한 매체를 통해 전달되어야 한다. 다시 말해 스토리텔링에는 반드시 '주인공'이 필요하다. 그 주인공은 고난과 갈등을 겪어야 하며, 그런 시련 속에서 무엇인가를 이룬다. 중요한 것은 그때 주인공이 겪는 고난과 갈등이 깊어질수록 청자는 더 강렬하게 반응하며 더 오래 기억한다. 그때 비로소 이야기는 실체를 가지게 된다. 이해를 돕기 위해 대표적인 이야기 장르의 하나인 소설을 예로 들어보자.

사람들은 자신이 매력을 느끼는 분야를 인간의 삶, 즉 인생에 빗대고는 한다. 어떤 야구 해설가는 야구를 인생이라고 하고, 농구에 열광하는 팬들은 농구를 인생의 축소판이라 말한다. 골프의 매력에 빠진 중년의 사업가는 골프의 각 홀(Hole)을 생의 굴곡진 고비라고 평가하기도 한다. 이처럼 인생이란 말하는 사람의 상황에 따라 그 정의가 매우 다양하다. 하지만 우리는 '인생이란 무엇인가?'라는 이 질문에 대한 답변으로 던져진 야구, 농구, 골프 등이 과연 '인생의 모든 것을 담아낼 수 있는가?'라는 새로운 질문을 하게 된다.

새로운 질문 하나를 다시 해보도록 한다.

'소설이란 무엇인가?'

소설은 결코 인간의 삶을 제외하고는 제외하고는 만들어지지 않는다. 아무리 다양한 내용을 담고 있고, 참신한 내용이라고 할지라도 개인의 이야기를 그려낸 것이다.

'한 개인이 살아가는 이야기'

다시, '인생이란 무엇인가?' 우리의 삶은 끊임없이 많은 모험과 도전으로 이루어져있다. 인간은 자신이 속한 사회에서 다양한 사건의 제공자가 되기도 하고, 역경에 부딪히기도 한다. 여기서 사건은 곧 삶의 역경이라고 할 수 있다. 이 고난 속에서 우리는 괴로워하고 좌절하고 돌파구를 찾기 위해 발버둥 친다. 어쩌면 우리가 축구나 야구를 인생이라고 말하는 이유는 이 삶의 난관에서 벗어나기 위한 발버둥을 그 속에서 발견하고 있기 때문인지도 모른다. 이러한 일련의 과정 속에서 우리는 계속해서 삶의 본질에 관해 스스로에게 질문을 던진다. 하지만 그 질문에 대해 우리가 자신에게 내놓을 수 있는 답변의 질은 언제나 부족하다. 그렇다면 우리는 그 질문의 답을 어디서 구할 수 있는가.

'사건을 만들고 사건에 동요된 한 개인이 극복하는 이야기'

앞서 소설이 갖추어야 할 필수적인 요건이 '인생'이라 밝힌 바 있다. 소설은 이 '인생' 중에서도 '사건을 만들고 사건에 동요된 인생'을 더 선호한다. 아무런 사건이 발생하지 않은 인생에서는 그 본질을 찾기가 쉽지 않다. 소설가는 가치 있는 허구의 이야기를 만드는 것이다.

'사건을 만들고 사건에 동요된 한 개인이 살아가는 허구이지만
의미있는 이야기'

소설은 타인의 삶이 그려진 공간이다. 우리는 타인의 삶을 통해 재미를 느끼고 그 속에서 공감한다. 이야기 역시 마찬가지다. 차이가 있다면 이야기는 허구와 사실을 모두 전달하지만 소설은 허구 속에서만 존재한다.

2) 이야기의 가치

우리는 매우 선별적으로 이야기의 범주에 포함된 장르들을 수용한다. 다시 말해 우리는 가치가 있다고 해서 세상 모든 이야기를 들으려 하지 않으며 세상 모든 영화나 소설을 보지도 않는다. 물론 시간이나 공간 또는 상황의 여건이 허락하지 않아 선택을 할 수 없는 경우도 있지만 그보다는 특정한 이야기를 선별하려고 하며 그 선별의 분명한 기준이 있다. 우리는 그 기준을 어디에서 마련하게 될까?
흔히 사람들은 자신이 별로 관심을 기울이지 않는 이야기를 향해

'나쁜 이야기'라고 말한다. 하지만 이 표현은 잘못된 것이다. 우리가 어떤 기준에 따라 그 이야기에 별 관심을 두지 않을 뿐이지 그것을 '나쁘다'라고 말한 근거는 매우 부족하다. 이런 의미에서 '나쁜 이야기'라는 표현은 '관심 없는 이야기'라고 수정되어야 하며, 그 무관심은 재미가 없기 때문이라는 결론에 도달하게 된다.

재미는 이야기의 질을 결정하고 존재 유무를 판단하는 매우 중요한 요소이다. 길고 지루하고, 재미없는 이야기는 그 생명력이 길지 못하다. 오래 남는 이야기는 결국 짧고 기억에 강렬해야한다. 우리는 주변의 사람들에게 재미있는 이야기를 들으면 오래 기억하고 또 그것을 타인에게 전달한다. 이야기는 그런 식으로 확장되면서 자신의 생명력을 오랫동안 보존하게 된다. 이것이 바로 이야기가 살아남는 방식이다. 그렇다면 스토리텔링에서 TELLING 의미는 명확해진다. 바로 이야기의 전달력을 의미한다. 부연하자면 이야기의 내용과 상황에 부합하는 조건을 제대로 갖춘 전달의 기술이 바로 스토리텔링인 것이다. 이야기는 같은 내용을 담고 있다고 하더라도 그 전달의 방법에 따라 수용의 질이 크게 달라진다. 같은 이야기도 글로 읽었을 때가 다르고, 영상으로 제작되었을 때는 다른 느낌을 준다. 동서고금을 막론하고 인간의 삶에 존재하는 이야기는 거의 유사하다. 현대사회에 이르러 디지털과 매체가 동시에 급속도로 발전하면서 우리는 대부분의 이야기를 이미 알고 있다. 이제는 완전히 새로운 이야기는 존재하지 않는다. 만들어진 이야기가 다른 제목으로 재생산되고 있다는 것을 우리는 잘 알고 있다. 그럼에도 불구하고 우리는 어떻게 이야기에 열광하고 감동하는 것일까? 그것은 바로 스토리텔링의 변용과 확장 때문이다. 다양한 매체가 발달하면서 이야기 역시 다양한 방법으로 전달되고, 지속되고 있다. 또한 이야기는 가장 흥미로운 방법을 택한다. 바로 그 점에서 같은 이야기도 수용의 차이가 생겨난다. 그 차이를 우리는 '장르다움'의 기준으로 삼는다.

우리의 삶은 스토리텔링을 통해 많은 것을 얻을 수 있다. 앞서 언급한 유희의 기능뿐만 아니라 관습이나 전통, 교육 역시 스토리텔링을 이용할 때 효율적이며 효과적으로 습득할 수 있다. 인간은 감동을 느낄 때 대상과의 일체감을 갖게 되고 오래 기억하는 힘을 갖는다. 일체감을 통할 때 인간은 자신을 포함한 현실의 가치를 수렴하고 자신을 되돌아보는 계기를 마련하게 된다. 그러므로 스토리텔링은 수많은 정보들을 좀 더 용이하게 수용할 수 있게 할 뿐만 아니라 현실의 문제와 삶의 보편성을 깨닫게 하는 힘을 가지고 있다. 한편 스토리텔링은 이야기의 전달력을 향상하기 위해 다양한 매체를 개발하게 만드는 원동력이 된다. 그를 통해 인간은 현실을 바라보는 다양한 시각을 확보할 수 있으며 나아가 인류의 문화를 발전시키는 근원이 된다.

인류의 역사에서 스토리텔링의 기술을 아는 자는 리더의 역할을 할 수 있었다. 고대의 건국 신화를 살펴보면 대부분의 나라는 물리적인 힘으로 만들어진 것이 아니라 스토리텔링의 기술로 만들어졌다. 신화의 주인공 한 국가의 지도자가 된 인물들은 모두 신성한 힘을 타고 났으며 그 신성함은 이야기를 통해 전해졌다. 또한 그 이야기는 인간의 힘이 침범할 수 없는 권위를 가졌으며, 그 권위 아래 수많은 사람들이 모여 하나의 사회를 이루게 되었다. 곰이 변해 사람이 되었다는 우리 건국 신화의 예처럼 비록 그 이야기가 비합리적인 요소들을 가지고 있다고 하더라도 우리는 그것을 거짓으로 치부하지 않는다. 그것이 바로 스토리텔링의 또 다른 힘이다.[3] 네트워크 사회에서는 정보를 가진

---

3) 김동혁 외, 「스토리텔링 쓰기」, 『말하기와 글쓰기』, 양성원, 2020, 138~157쪽

자보다 감성적 스토리를 가진 자가 주목을 받는다. 새로운 리더는 논리적으로 잘 말하는 것보다 공감할 수 있는 따뜻한 스토리를 전할 수 있어야 한다. 존 웨인, 숀 코너리의 과묵함에 열광한 미국 역시 지금은 말을 걸고 협력을 이끌어 가는 스토리텔러의 리더십이 주목받고 있다. 그렇다면 지금의 인재들이 반드시 키워야 할 역량이 바로 스토리텔링일 것이다.

story= 사건을 만들고 사건에 개입하는 개인이 살아가는 모습을 담은 의미 있는 이야기

+

telling = 이야기의 전달력을 높이기 위해 참여한 모든 기술

5. 스토리텔링과 글쓰기의 위대한 힘

TV를 장악하고 있는 예능프로그램 중 출연자나 진행자들의 '스토리텔링의 힘'으로 이끌어가는 프로그램이 점점 더 많아지고 있는 이유다. 그 프로그램들의 시청률이 높은 것을 보면 사람들이 필요로 하는 것이 무엇인지 분명해진다. 자신의 지식과 재능에 이야기를 입혀 그럴듯하게 들려주면 사람들은 그 이야기에 혹하고 감동한다. 명실공히 아이디어를 파는 데에도 이야기가 필요한 시대가 된 것이다.

요즘 유튜브를 보면 자신의 소소한 일상부터 관심 있는 분야나 특기 등을 소개하는 수많은 영상을 만날 수 있다. 나 역시 스토리텔러들의 이야기를 들을 수 있는 영상을 선호한다. 마음의 끌림과 보고 난 뒤

감동과 여운이 남기 때문이다. '스토리텔러'는 자신이 전달하려는 내용을 이야기로 만들어 재미있게 전달하는 사람을 일컫는다. 이 스토리텔러들이 만들어낸 이야기는 분명 현대 문화와 산업을 이끌어가는 중요한 역할을 한다.

미국의 기업가이며 애플사(社)의 창업자 스티브 잡스는 일상생활에서의 독서와 토론의 중요성을 강조했던 것일까? 그는 강연할 때마다 '아이폰은 인문학과 기술의 교차점에서 탄생했다'는 말과 함께 인문 독서의 중요성을 상기시켰고, 애플 직원들은 토론에서 시작해 토론으로 일과를 마감한다는 말이 나올 정도로 스토리텔링의 중요성을 강조했다.

미국의 워런 버핏(Warren Buffett)은 "자라나는 학생들이 배워야 할 단 한 가지는 의사소통 기술이며, 그것은 글쓰기다"라는 말로 글쓰기의 중요성을 강조했다. 사업가가 의사소통 기술로 글쓰기를 강조했다는 사실이 놀라울 수 있으나, 글쓰기 역시 스토리텔링이라는 사실을 감안하면 이해를 할 수 있다.

스토리텔링과 글쓰기의 공통점은 '이야기'를 담고 있다는 것이다. '합격 사과'에 얽힌 아오모리현의 기적이라는 사연에서도 스토리텔링의 힘을 발견한 적이 있다. 일본의 대표적인 사과 생산지인 아오모리현은 수확을 앞둔 어느 날 불어닥친 태풍으로 대부분의 사과가 익기도 전에 땅에 떨어져 한 해의 사과 농사를 망치게 되었다. 주민들은 대부분 절망에 빠졌고, 회복할 수 없어 보이던 그때, 한 농부가 제시한 기가 막힌 아이디어로 아오모리현은 반전의 기회를 얻게 된다.

태풍에도 떨어지지 않고 남아있던 사과들에 스토리텔링을 입힌 것이다. '풍속 53.9m/s의 강풍에도 절대 떨어지지 않는 사과', 이 사과가 합격과 행운을 가져다줄 거라는 내용이었고, 사과에 합격이라는 단어를 새겨 선보였다. 그렇게 '합격 사과'가 탄생했고, 이 사과는 우리나라만큼

이나 대학 입시가 치열한 일
본 사람들의 마음을 사로잡
았다.

　사과가 출시되자 너도나
도 이 사과를 사려고 했고,
사과값이 10배 이상으로 치
솟는 이변이 발생해 아오모
리현에 있는 농가들의 손실을 만회할 정도로 큰 수익을 가져다주었다.
만약 아오모리현의 태풍에 의한 낙과 소식과 떨어지지 않은 사과들에
입힌 '스토리텔링'이 없었다면 '합격 사과'의 기적은 일어나지 않았을
것이다. '스토리텔링의 힘'이 작용했기에 위기를 기회로 반전시킬 수
있었다.

　특별하지 않은 사물에 재미있는 이야기나 감동적인 이야기가 곁들여
지면 독특하고 이색적인 것으로 변화한다. 그리고 그 이야기는 사람들
에게 용기를 주거나 희망을 전해주기도 하며 강력한 믿음을 마음속에
심는다. 그래서 이미 광고계에서는 '이야기'를 입힌 광고 제작을 선호하
여 스토리텔링 광고 효과를 톡톡히 보고 있다.

　이제는 일상생활 전 영역에서 이야기를 담는 글쓰기가 필요하지 않은
업무가 없다. 미국의 37시그널의 창업자인 제이슨 프리드는 이렇게 말
했다.

　"이왕 인력을 고용할 거라면 최고의 작가를 채용하라. 마케팅, 판매,
디자인, 프로그램, 그 어떤 자리에서도 글쓰는 기술은 빛을 발한다.
명쾌하게 글을 쓰는 사람은 명료한 사고, 커뮤니케이션 능력, 공감 능
력, 불필요한 것을 빼는 편집 능력이 뛰어나다."

　현대는 이야기와 글쓰기가 필요한 시대다. 이러한 시대의 흐름에 맞

게 자녀를 재미있는 '스토리텔러'나 '글쓰기'를 잘하는 인재로 키우고 싶다면 부모가 먼저 스토리텔링과 글쓰기를 생활 속에서 즐겨 실천해보자. 그리고 뛰어난 스토리텔러들은 대부분 어려서부터 많은 이야기를 접했다는 공통점을 갖고 있다.

또 다른 스토리텔링의 성공 사례로는 세계 최초로 물을 상품화한 곳이 바로 '에비앙'을 들 수 있다. 에비앙은 스토리텔링을 통해 전 세계인에게 물을 팔고 있다. 지난 1789년 프랑스의 한 귀족이 알프스의 작은 마을 에비앙에서 요양을 하면서 몸을 고친 일이 있었는데 좋은 물을 마시며 생활했기 때문이다. 그 물의 성분을 분석해 보았더니 미네랄과 같은 인체에 유익한 성분이 다량 함유돼 있었다. 이를 통해 에비앙은 단순한 물이 아닌 약수라는 스토리를 브랜드에 담았고 유럽에서 가장 건강에 좋은 그리고 비싼 생수로 팔리기 시작했다. 현재도 에비앙은 '신비스러운 약수'라는 이미지를 유지하고 있다.

에비앙의 '베이비 시리즈'도 성공적인 스토리텔링 마케팅 사례다. 에비앙은 '젊음'을 회복할 수 있다는 메시지를 지속적이고, 일관적으로 전달하고 있는데 베이비 시리즈는 이를 잘 이야기하고 있다. 에비앙을 마시고 거울을 보니 거울에 웬 아기가 비친다. 다소 황당해 보이는 광고지만 에비앙은 일관되게 젊음을 강조하며 성공적인 스토리텔링 마케팅을 사례를 만들어냈다.

물론 에비앙이 화려한 마케팅 기법으로만 성공한 것은 아니다. 에비앙 생수는 알프스 산맥의 심장부에서 끌어올린 물로 만들어진다. 해발 4,800m에 있는 알프스 만년설이 15년간 빙하 최적 층을 일정한 속도로 통과하며 자연 여과되어 천연 미네랄을 풍부하게 함유하고 있다.

에비앙은 물의 순수함을 그대로 보존하기 위해 취수원 근처에는 농가 및 공장이 들어서지 못하게 보호하고 있으며 하루 200회의 자체 검사와

157개국 검역 기관의 수시 검사를 통해 물의 안정성을 관리하고 있다.

오늘날 기업에서 스토리텔링은 선택이 아닌 필수사항으로 기업의 성패에 미치는 영향이 커지고 있지만 스토리텔링 마케팅을 단순한 이야기로 간과해서는 성공하기가 어렵다. 인간은 감정의 동물이다. 사람들은 밋밋한 이야기가 아니라 어우러져 소통하면서 공감할 수 있는 이야기를 구매한다.

덴마크의 미래학자 롤프 엔센은 저서 『드림 소사이어티』에서 미래 사회는 이야기와 감성에 의해 만들어진다고 했다. 이야기꾼이 기업문화를 창조하는 시대가 열린다는 것이다. 일례로 기능적인 면에서 시계는 10달러에 불과하지만 이야기를 첨부하면 1만 5,000달러가 된다고 설명하고 있다. 또한 '물건을 팔지 말고 이야기와 꿈을 팔아라'고 강조한다. 지금이 순간에도 수많은 제품들이 쏟아져 나오고 있으며 제각각 특별함을 호소하고 있다. 특별한 기능은 10달러에 불과하지만 특별한 이야기, 즉 스토리텔링을 더하면 1만 500배에 달하는 부가가치를 창출할 수 있다. 제품이 단지 대중 앞에 보일 때는 제품에 지나지 않지만 제품에 스토리텔링을 입히면 바로 제품의 가치가 재생산되는 것이다. 이 가치가 바로 제품이 갖는 브랜드력이다. 한 가지 제품이 생산될 때마다 기업에서는 마케팅을 위해 그리고 홍보를 위해 제품 생산 이전 기획 단계부터 혈안이 되어 있다. 과연 제품이 생산되어 시판될 때 소비자들의 마음에 어떻게 기억되며 얼마만큼 오래 기억되느냐에 따라 그 제품의 수명과 가치가 결정되기 때문이다.

새로운 이야기 중심의 스토리텔링에 집중해야한다. 고객은 브랜드와 가치, 가치가 갖는 문화까지 소비패턴의 변화에 민감하다. 이들의 욕구에 이제 스토리텔링으로 브랜드의 문화를 팔아야 할 것이다.

학습활동

1 아래 글에 대해 자신의 생각을 이야기해보자.

「오이디푸스의 운명」

두껍고 어려운 고전 책을 읽다 보면 '이 책을 꼭 읽어야 하나'하는 생각이 들 때가 많다. 그래도 책에서 손을 떼지 못하는 것이 고전읽기이다. 도대체 무엇을 얻자고 이렇게 힘들게 고전을 읽을까? 고전의 유용성에 대해서는 다양한 해석이 있지만 나는 그중에서도 유종호 선생의 말이 가장 기억에 남는다. 유종호 선생은 고전을 통해 얻는 것은 '하늘 아래 새로운 것이 없다는 새삼스러운 깨우침'이라고 말했다. 고전을 통해서 새롭고 대단한 지식을 얻는 것이 아니라 우리와 비슷한 삶을 살아간 선인들의 삶의 지혜를 얻는다는 것이다. 고전은 이전 삶을 보면서 현재 삶을 깨우치기 위해서 읽는다.

'하늘 아래 새로운 것은 없다'는 말의 의미는 〈그리스 비극〉을 읽으면 잘 드러난다. 그리스 비극에는 3대 비극작가 아이스킬로스, 소포클레스, 에우리피데스의 여러 작품들이 남아 있지 만, 그 정수는 역시 소포클레스의 비극 작품들이다. 특히 소포클레스의 〈오이디푸스왕〉을 읽고 있노라면 등장인물의 성격과 행동이 오늘 우리의 모습과 비슷하여 과거와 현재를 착각할 때가 많다. 오이디푸스는 성격이 조급하여 남을 시기하고 의심하기를 잘한다. 그뿐만 아니라 그런 급한 성격 때문에 주위와 자기 자신까지 파멸로 몰아넣게 된다. 오이디푸스의 비극이 신이 만든 각본에 의해 일어났다고 말들 하지만 실상 그 자신의 성격에서 비롯되었다는 말도 충분히 일리가 있다. 오이디푸스는 질투하고 의심하며 그것 때문에 절망하고 좌절하는 우리의 모습과 흡사하다.

그러나 〈오이디푸스왕〉 속에는 이와 다른 오이디푸스의 면모도 있다. 테베에 역병이 돌자 오이디푸스는 신탁에 의해 전왕 라이오스를 죽인

범인을 붙잡아야만 했다. 그런데 오이디푸스에게 처한 비극은 바로 자신이 그 사건의 범인이란 사실이다. 오이디푸스는 범인이 자신임에도 불구하고 그것을 추적하여 밝혀야만 하는 모순된 상황에 처하게 된다. 그런데 오이디푸스의 영웅적 면모는 이런 상황에도 불구하고 진리를 찾기 위해 주저하지 않는다는 점에 있다. 오이디푸스는 사건을 파헤치며 자신이 바로 그 범인임을 알게 되었음에도 그것을 회피하거나 은폐하지 않았다. 오히려 그는 사건을 은폐하기를 권하는 주위 사람의 청을 거부한다. "나는 그것을 듣지 않을 수 없고, 그래도 기어이 들어야겠다." 운명을 피하지 않고 정면으로 도전하는 그는 굴욕적인 삶보다 정의로운 삶을, 비겁한 삶보다 명예로운 죽음의 길을 택한다. 그래서 여러 해설서에서는 오이디푸스가 적극적이고 능동적으로 자신의 운명을 받아들이고 그것과 대 결했다고 적고있다.

　　그렇다면 우리는 비극적 파멸을 향해 달려가는 오이디푸스를 어떻게 평가해야 할까? 진리를 찾기 위한 열정 때문에 그랬다고 평가할까. 아니면 다급한 성격 때문에 어쩔 수 없었다고 평가할까. 어느 쪽으로 보아도 틀린 답은 아니다. 오이디푸스왕은 영웅적 면모와 인간적 면모 이 두 가지의 요소를 다 가지고 있기 때문이다. 그래서 오이디푸스의 파멸은 피할 수 없는 운명적인 것으로 보이기도 하고, 또 급한 성격 탓에 스스로 자초한 것으로 보이기도 한다. 중요한 것은 〈오이디푸스왕〉을 읽으면서 우리가 운명적 삶과 주체적인 삶에 대해 다시 생각해보는 것이다. 운명은 신의 몫인가? 우리의 몫인가?

- 정희모, 『조선일보』, 2006.2.1. -

2　자신과 유사한 캐릭터를 찾고, 직접 그려본 후 특징을 상세히 설명해보자.

04 자기성찰의 글쓰기

　내가 글쓰기를 사랑하는 이유는 손이 펜을 쥘 때만큼은 가면을 벗고 솔직한 '나'와 마주하기 때문이다. '글'이란 나를 오롯이 만나게 해주는 '우물'이다. 마음을 백지에 옮기는 동안 누구도 의식하지 않고 내면의 대화를 나눌 수 있다. 중요한 건 글을 쓰는 동안 내 안에서 소통하는 시간이니 오가는 대화가 진실할수록 나와의 연결고리도 끈끈해진다. 오늘도 누군가를 위해 무언가를 위해 크고 작은 '가면'을 쓰고 있는 우리. 혼자만의 시간을 마련하여 내면 깊은 곳의 씨앗을 하얀 종이 위로 건져내보자. 솔직한 모습으로 타자를 두드릴 때, 가면 쓴 나와 진짜 나는 하나가 된다. 자유가 시작된다.

　－ 이윤지, 엄영자, 신재호 저, 『지금 당신이 글을 써야 하는 이유』,
봄름, 2023, 18~19쪽. －

　현대사회에서 우리는 매일같이 넘쳐나는 정보의 홍수 속에 살고 있다. 수많은 소음과 자극 속에서 우리의 내면은 종종 소외되기 쉽다. 이럴 때일수록 자기 자신을 다시 만나고, 나를 이해하는 과정이 필요하다. 그 과정에서 글쓰기는 강력한 도구가 될 수 있다. 글쓰기의 힘은 단순한 표현을 넘어, 나를 탐색하고 성찰하는 과정으로 이어질 수 있기 때문이다.

문화란 인간의 작용을 통해 자연상태의 사물을 변화시키거나 새롭게 창조해 나가는 과정이다. 이러한 문화의 개념은 시대에 따라 다르게 해석될 수 있지만, 공통적으로 인간의 삶에 깊은 영향을 미친다. 나는 모든 사람들이 삶의 치유를 경험할 수 있는 문화활동, 특히 예술활동을 통해 그 여정을 함께하고 싶다. 그중에서도 글쓰기는 접근성이 높고, 누구나 쉽게 시작할 수 있는 활동이다.

글쓰기의 과정은 남에게 보여주기 위한 것이 아니라, 오롯이 자신의 마음을 마주하는 시간이다. 글의 형식이나 문법, 표현의 완벽함은 중요하지 않다. 오히려 중요한 것은 나 자신에게 솔직해지는 용기와 노력이다. 우리는 글쓰기 안에서 어떤 감정도 자유롭게 표현할 수 있다.

글쓰기는 나를 더욱 풍성하게 하고, 새로운 시각으로 삶을 바라보게 한다. 주어진 시간 동안 몰입하여 글을 쓰다 보면, 어느새 내 안의 이야기가 드러나고, 나를 이해하게 되는 순간이 찾아온다. 이런 글쓰기의 경험은 나에게 성찰의 기회를 제공한다. 나를 이해하고, 그 속에서 성장할 수 있는 계획을 세우는 힘을 길러준다. 우리는 스스로를 성찰하는 글을 통해 더욱 행복한 삶에 다가갈 수 있다. 차근히 앉아 내 안의 이야기를 꺼내고 쏟아내는 과정은, 내가 누구인지, 어떤 방향으로 나아가고자 하는지를 찾아가는 여정이 될 것이다.

우리 모두 스스로를 성찰하는 글을 쓰며, 내면의 소리에 귀 기울여 보길 바란다. 이 과정 속에서 우리는 더욱 풍성해진 나를 발견하고, 내 삶의 의미를 새롭게 정의할 수 있을 것이다.

1. 자기성찰의 글쓰기 방법

1) 자기성찰 글쓰기 특질

① 자신만의 이야기를 쓰자

글쓰기란 '자신의 생각과 느낌'을 글로 '솔직하게 표현'하는 것이다. 모든 글은 나의 이야기이다. 모든 종류의 글에는 글쓴이의 세계관과 시선이 드러난다. 남의 생각에 기대지 말고 자신의 생각, 느낌, 판단을 보여 주어야 한다. 독자는 당신의 글을 읽을 때 '그래서 너의 생각은 무엇인가?' 하면서 읽는다. 글쓴이의 참신한 시선을 보고 싶어 한다. 다른 사람이 아닌 내가 글을 쓰는 이유는 나만이 할 수 있는 이야기가 있기 때문이다. 나를 제대로 바라보고, 나를 스스로 증언할 수 있을 때 비로소 타인과 공감 할 수 있다. 자신의 아픔을 바라보지 않고 타인의 아픔에 공감할 수는 없다. 그러니 상투적인 생각이나 진부한 등식을 피해야 한다. 모든 사람이 비슷하게 하는 이야기는 삭제해야 한다. 남의 생각을 편집해 놓은 듯한 글을 쓰는 것은 좋지 않다. 자신의 생각과 느낌을 믿고, 독자에게 자신 있게 말해야한다.

② 글쓰기에 도전을 해보자

두려워하고 걱정할 시간에 어떻게든 글을 시작해 보는 것이 좋다. 생각하는 것은 글쓰기가 아니다. 글을 쓰는 순간이 글쓰기이다. 두려움은 욕심의 크기에 비례한다. 멋진 문장, 세상을 뒤흔들 주제, 완벽한 논리를 담은 글을 쓸 욕심을 버려야 한다. '나도 글을 쓸 수 있다'는 용기만 있으면 글을 쓸 수 있다. '이번에는 실패했지만 다음에는 잘 쓸 수 있다'는 여유로움이 있으면 글을 쓸 수 있다.

③ 끊임없이 반복하자

글쓰기는 글을 쓰면서 발전할 수 있다. 반복된 연습만이 글을 잘 쓰는 비결이다. 글을 쓰지 않고, 글쓰기를 배우는 방법은 이 세상에 없다. '반복된 연습에는 엄청난 고통이 따른다.' 아무렇게나 글을 쓰는 게 아니라, 주제를 정해서 생각을 정리하고 글의 흐름을 잡고 수많은 글감을 찾아내어 쓰는 연습을 해야 한다. 이런 연습은 실제로 힘든 과정이다. 이런 과정은 그 누구도 대신 할 수 없다.

글쓰기의 놀라운 힘은 글을 쓰는 동안 많은 생각, 색다른 생각, 생각지 못했던 아이디어들이 떠오른다는 사실이다. 생각만으로 글을 쓸 수 없다. 글을 쓰면서 생각을 해야한다. 그래서 메모가 중요하다. '무엇을 쓸까? 어떻게 쓸까?'를 머릿속에서만 생각하지 말고 종이에 직접 써보는 것이 좋다. 그러면 더 좋은 생각이 떠오를 것이다.

④ 잘 읽히는 글을 쓰자

쉽고 간결하게 써야 한다는 말이 몇 개의 단어만으로 충분하다는 뜻은 아니다. 글을 잘 쓰려면 적절한 단어를 선택할 줄 알아야 한다. 다만 불필요하게 현학적인 표현이나 단어를 남발하는 것을 자제해야 한다. 좋은 글은 독자가 나의 생각을 분명하게 이해할 수 있는 글이다. 다시 말해 '한번에 쉽게 읽히는 글'이다. 내용의 흐름이 자연스럽고 문장을 읽는 순간 이해가 되도록 다듬어야 한다. 한번 읽고 다시 읽어야만 이해되는 글, 중의적으로 해석되는 문장은 좋지 않다.

⑤ 여러 번 고치자

글에서 최종본이란 없다. 자신의 글은 항상 부족하며 미완성이라는 생각을 가져야 한다. 글재주를 타고난 사람은 없다. 펜을 잡자마자 단숨에 한편의 좋은 글을 쓰는 사람은 없다. 초고가 최종본인 글은 좋지 않다. 글은 자기 생각의 구조를 보여 주는 것이다. 쓰고 싶은 내용을 하나의 틀로 구성해야 한다. 생각의 구조는 늘 다듬어야 한다. 문장도 늘 수정되어야 한다. 어려운 말이나 복잡한 문장을 쓰는 것은 좋지 않다. 수식어가 많은 문장은 수식어를 지워야 한다. 부사가 자주 쓰인 문장도 좋지 않다. 글의 집약성을 떨어뜨린다. 동어의 반복이나 문장 오류를 피해야 한다. 쓴 글을 소리 내어 다시 읽고 꼼꼼히 수정해야 한다. 자기 글을 다시 읽고 문제를 찾아 고치는 과정은 글의 수준을 빠르게 향상시키는 방법이다.

⑥ 자신이 쓴 글에 나쁜 점을 찾자

자리에 앉기만 하면 다리를 떠는 사람들이 있다. 대부분은 습관이 되어 자신이 다리를 떠는지도 모른다. 이런 사람들은 다리를 떠는 것이 오히려 자연스럽다. 마찬가지로 자산이 쓴 글의 나쁜 버릇을 알아차린 다는 것은 말처럼 쉬운 일이 아니다. 글의 수준을 한 단계 높이려면 자신의 나쁜 글버릇을 찾아야 한다. 방법은 의외로 쉽다. 자신이 쓴 글 몇 편만 세밀하게 읽어 보면 된다. '것이다'가 자주 반복된다든지, '너무'가 많다든지, '것같다'가 빈번히 쓰인다든지, 한 문장에 수식어가 과하다든지 하는 것을 찾아보자. 그것만 고쳐도 글은 쉽고 간결해진다.

⑦ 자세히 관찰하자

글을 잘 쓰기 위해서는 반드시 관찰이 필요하다. 자세한 관찰은 새로운 생각의 출발점이다. 사물이든 사람이든 사건이든 대상을 자세히 관찰하지 않고서는 독창적인 글을 쓸 수 없다. 관찰은 그저 외면적인 형체만 보라는 뜻이 아니다. 스치듯 보아서는 안 된다. 오감을 총동원하여 자세를 바꾸고, 시선을 달리해서 보아야 한다. 관찰은 대상에 대한 전면적인 몰입이자 집중이고 음미이다. 그럴 때 낯익은 것에서 낯선 것이 솟아오른다.

⑧ 쓰기 위해 읽자

나의 생각은 타인의 생각이 쌓인 것이다. 내 속에는 이미 수많은 타인이 들어와 있다. 부모에서 시작하여 친구, 선배, 선생님의 목소리가 나를 이루고 있다. 우리가 학습하는 이유는 이러한 타인의 목소리가 직접적인 경험의 한계를 뛰어넘기 위해서이다. 시간과 공간을 뛰어넘어 많은 사람의 목소리를 들어야 한다. 그래서 책 읽기를 하는 것이다. 책을 읽고 감동과 정보를 얻는 것으로 끝내지 말고, 쓰기 위한 읽기로 확장해야 한다. 쓰기 위해 읽을 것은 끝이 없다. 책뿐만 아니라 신문, 잡지, 텔레비전, 광고, 간판, 낙서, 안내판이 모든 것이 쓰기의 재료이다. 훨씬 깊고 넓은 자신만의 목소리를 수 있을 것이다.

⑨ 첫 문장을 고민하자

첫 문장이 글의 전부는 아니다. 그러나 첫 문장은 이후의 내용을 예측하게 하는 안내판이다. '코시안(Kosian)'에 대한 자기 생각을 펼치는 글을 쓴다고 생각해보자. '한국의 경제가 발전하고 국제사회에서 위상이 높아짐에 따라 한국 사회 국제 이민자들의 유입이 증가하고 있다.' 혹은 '유전학적으로나 역사적으로 그 근거가 희박한데도 자신들이 단일민족이라는 믿음은 한국인 스스로 정체성을 규정하는 생각으로 자리 잡고 있다.'로 시작하는 글보다. "'국적 따위는 개에게나 줘버려!' 일생을 단일민족의 일원으로서의 자긍심과 조국 수호의 열띤 가슴을 품고 살아온 한국 국민에게 제일 작가 가네시로 가즈키가 'GO'라는 소설에서 충격적인 일갈을 내뱉는 구절이다'라는 식으로 시작한 글이 더 매력적으로 읽힌다. 이후에 이야기를 풀어가는 과정이 어떠할지 예상할 수 있기 때문이다. 첫 문장, 즉 도입부를 어떻게 시작할지 고민해야 한다.

요즈음 대학생들의 이야기를 들어보면 가장 많이 들을 수 있는 말은 '불안하고 혼란스럽다'는 것이다. 대학에 들어오긴 했지만 입학하자마자 모두가 졸업 후를 걱정하기 바쁘다. 취업 준비를 위해 당장 무엇인가를 해야 할 것 같은 초조함만 가득할 뿐, 정작 무엇을 해야 할지 모르겠다고들 한다. 저성장과 경기 침체, 비정규직으로 상징되는 이 시대 한국의 대학생들에게 취업과 생존보다 더 중요한 것은 없다. 그러나 이 험하고 혼란한 세상에 직접 몸을 부딪혀 가며 살아남아야 하는 그 사람은 바로 '나'다. 그래서 '나'에 대한 아는 것이 필요하다. 나에 대해 알아야 생존의 방법과 전략을 세울 수 있기 때문이다. 나에 대해 알아야 인간관계에서 나를 보호할 수 있기 때문이다. 또, 나에게 내게 맞는 친구를 만날 수도 있고, 오랫동안 꾸준히 즐겁게 할 수 있는 일과 직업을 찾을 수도 있다. 이제부터 본격적으로 나에 대해 고민하고 모색하는 시간을 갖어야 한다.[1]

---

1) 경희대 후마니타스 칼리지, 『나를 위한 글쓰기』, 에쎄, 2012, 12~15쪽.

나는 이런 사람입니다.

♣ 다음 문장은 뒷부분이 비어있다. 각 문장을 읽으면서 뒷부분을 채워서
문장이 완성되도록 해보자.

 1. 내가 좋아하는 것은 _____

 2. 내가 잘 하는 것은 _____

 3. 나는 무엇을 (잘/못)하는 사람을 좋아한다. _____

 4. 내가 정말 행복하려면 _____

 5. 내가 운이 좋다고 생각하는 것은 _____

 6. 내가 가장 보람을 느꼈던 것은 _____

 7. 나에게 현재 가장 문제되는 것은 _____

 8. 나를 힘들게 하는 것은 _____

 9. 내가 간절히 원하는 것은 _____

10. 내가 행복하다고 느끼는 순간은 _____

11. 아버지(어머니)와 나는 _____

12. 나의 친구들은 대개 _____

13. 나의 능력은 _____

14. 원하던 일이 안 되었을 때 _____

15. 내가 다시 고등학생이 된다면 _____

16. 내가 가장 기억하고 싶은 순간은 _____

17. 남들이 모르는 나의 모습은 _____

18. 나만 아는 나의 모습은 _____

19. 내가 가보고 싶은 곳은 _____

20. 내가 하고 싶지 않은 것은 _____

21. 10년 후 나의 집은 _____

22. 10년 후 나의 가족은 _____

23. 10년 후 나의 직장은 _____

　나는 다른 사람들에게 어떤 인상을 주고, 의미를 남길까? 내가 생각하는 '나'와 타인이 생각하는 '나'는 어떻게 같거나 다를까? '나'에 대해 가장 잘 알고 있는 사람은 '나' 자신이다. 한 사람의 외모와 내면은 대체로 일치할까?, 차이가 있을까? 다른 사람에게 비친 '나', 나에게 비친 다른 사람의 모습은 첫인상 그대로 정착되기도 하지만 상황과 노력 등에 의해 계속 바뀌기도 한다.

　'나는 누구인가?'를 탐색하는 자아 정체성의 주제는 자아 성찰, 자아 탐색, 자기 비판 등을 포함하고 있다. 나에 대한 끊임없는 질문과 탐색은 내가 누구인지를 스스로 깨닫게 해주는 계기가 될 것이며, 이는 스스로 뿐만 아니라 타인의 눈으로도 함께 바라볼 때 좀 더 객관적으로 자신을 파악할 수 있으며, 나의 개성을 찾을 수 있다.

2) 나에게 나를 소개하기

　① 전공을 선택하게 된 동기는 무엇인가?
　② 성장과정에서 특기할 만한 인생 경험은 무엇인가?
　③ 인간관계에서 가장 중요하게 여기는 것은 무엇인가?
　④ 자신이 미래에 걱정이 되는 것은 무엇인가?

⑤ 자신이 지닌 성격 중 가장 자신 있는 부분이나 부족하다고 생각되는 부분은 무엇인가?

⑥ 본인을 자기 자신에게 한 문장으로 소개한다면?

(1) 전공을 선택하게 된 동기는 무엇인가?

- 유년 시절 태권도 품새 선수로 활동하며 만성적인 발목과 무릎 통증을 겪은 경험은 제가 부상을 예방하고 피하는 방법과 원리에 대해 호기심을 갖는 계기가 되었습니다. 특성화 고등학교를 입학해 실업 전선에 뛰어들어 빠른 사회 경험을 쌓고자 하던 저는, 무릎 인대가 끊어져 다시는 걸을 수 없을 줄 알았던 고등학교 동창에게 재활과 치료를 병행하며 일상생활의 복귀를 도와준 '물리치료사'를 통해 직업에 존경심과 강한 흥미가 생겼습니다.

(2) 성장 과정에서 특기할 만한 인생 경험은 무엇인가?

- 가장 기억에 남는 경험은 지역 도서관에서 아이들에게 책을 읽어주는 일이었습니다. 친구의 권유로 도서관에서 아이들에게 책을 읽어주는 동아리에 가입하여 지역 도서관에 방문했습니다. 하지만 아이들을 다루는 것이 미숙했던 저에게는 어려운 일이었습니다. 1시간째 아무것도 하지 못하고 멀뚱멀뚱 거렸던 저는 용기를 내고 엄마와 함께 온 아이에게 다가가 말을 걸었습니다. 하지만 제가 말을 걸자 아이는 겁을 먹고 책장 뒤로 숨는 모습을 보고 당황했습니다.

(3) 인간관계에서 가장 중요하게 여기는 것은 무엇인가?

- 인간관계에서 가장 중요한 것은 '신뢰'입니다. 저는 서로 오해가 생겨서 불미스러운 일이 일어난다면 그것이 가장 안타까운 일이라고

생각합니다. 왜냐하면 오해라는 것은 의도치 않게 일어나는 일이고 상대가 받아들이기 나름이기 때문입니다. 오해를 없애려면 서로 간에 '신뢰'라는 것이 필요합니다. 신뢰는 오해를 없앨 줄 뿐만 아니라 상대가 나에게 혹은 내가 상대에게 기댈 수 있고 서로를 의지할 수 있기 때문입니다.

(4) 자신이 미래에 걱정이 되는 것은 무엇인가?

- 이제 3학년이 되고 곧 4학년이 되면서 취업이 제일 염려되는 부분 중 하나입니다. 코로나 시대가 지속되면서 항공 승무원을 채용하지 않는 경우가 있어서 부모님이나 친척분들께서 자주 걱정을 하십니다. 그러다보니 저 역시 점차 불안함을 느끼고 있습니다.

(5) 자신이 지닌 성격 중 가장 자신 있는 부분이나 부족하다고 생각되는 부분은 무엇인가?

- 저의 성격 중 자신 있는 부분은 꼼꼼하다는 것입니다. 저는 어떤 일이든 꼼꼼하게 진행한다고 생각합니다. 그래야 실수를 할 확률이 적기 때문입니다. 그래서 보통 과제나 중요한 일을 할 때는 검사를 두 번 이상은 하는 것 같습니다. 그래야 마음도 편하고 홀가분하기 때문입니다.

(6) 본인을 자기 자신에게 한 문장으로 소개한다면?

- 느리지만 자세하게 천천히 내가 하고 싶은 것을 하고, 좋아하는 것을 하려고 하는 저는 거북이 같은 사람입니다.

3) 단어 나누기

---

①

내가 그의 이름을 불러주기 전에는
그는 다만
하나의 몸짓에 지나지 않았다.

내가 그의 이름을 불러주었을 때
그는 나에게로 와서
꽃이 되었다.

내가 그의 이름을 불러준 것처럼
나의 이 빛깔과 향기에 알맞는
누가 나의 이름을 불러다오
그에게로 가서 나도
그의 꽃이 되고 싶다.

우리들은 모두
무엇이 되고 싶다.
나는 너에게 너는 나에게
잊혀지지 않는 하나의 눈짓이 되고 싶다.

- 김춘수, 「꽃」

②

　어느 못생긴─ 이렇게 말하면 실례지만 그는 이 못생긴 얼굴 탓에 시인이 되었을 게 틀림없다. 그 시인이 내게 말했다.

　난 사진을 싫어해서 말이야. 좀처럼 찍고 싶은 마음이 없어. 사오 년 전 애인과 약혼 기념으로 찍은 게 다야. 내겐 소중한 애인이지. 사실 일생 동안 한 번 더 그런 여자를 만날 자신이 없으니까. 지금은 그 사진이 내겐 단 하나 아름다운 추억이지.
　그런데 지난 해 한 잡지사에서 내 사진을 싣고 싶다 그러더군. 애인과 그녀의 언니, 이렇게 셋이서 찍은 사진에서 나만 잘라내서 잡지사에 보냈지. 최근 다시 한 신문사에서 내 사진을 얻으러 왔어. 난 잠시 생각해봤는

데 결국은 애인과 둘이서 찍은 사진을 절반으로 잘라 기자한테 건넸지. 반드시 되돌려달라고 신신당부했건만 아무래도 안 돌려줄 모양이야. 아무튼 그건 괜찮아.

그건 괜찮다 치더라도 말이야. 그런데 애인 혼자만 남은 반쪽짜리 사진을 봤을 때 나는 참으로 뜻밖이었어. 이게 그 아가씨인가. — 미리 말해두지만 그 사진 속 애인은 정말로 귀엽고 아름다웠지. 하긴 그녀는 그때 사랑에 빠진 열일곱 살이었거든. 한데 말이야. 내게서 잘려나가 내 손에 남은 그녀 혼자만의 사진을 보니, 아이쿠, 이토록 볼품없는 아가씨였던가 싶은 생각이 들더군. 지금까지 줄곧 그토록 아름답게만 보였던 사진인데. — 오랜 꿈이 단박에 맥없이 깨지고 말았어.

그러고 보면, 하고 시인은 한층 목소리를 낮췄다.

신문에 실린 내 사진을 본다면 그녀 역시 틀림없이 이렇게 생각할 테지. 가령 아주 잠깐이나마 이런 남자를 사랑한 자신이 너무 분하다고 말이야. — 이걸로 다 끝장이야.

그러나 만약, 하고 나는 생각하네. 둘이서 찍은 사진이 그대로 두 사람 나란히 신문에 실렸다면 그녀는 어딘가에서 내게로 당장 돌아오지는 않을까. 아아, 그이는 이토록—, 이라면서.

- 가와바타 야스나리, 「사진」, 『손바닥 소설』-

'단어 나누기'란 말 그대로 조원들이 서로에게 단어를 부여하는 학습 활동이다. 이는 자신의 본모습을 찾아가는 과정이라 할 수 있다. 내가 생각하는 나의 모습 외에 다른 사람의 눈에 비친 나의 모습을 생각해볼 수 있다. 방법은 다음과 같다.

한 조당 6명으로 편성한다. 한 명이 나머지 조원인 5명에게 단어를 나누어주는 방식이다. 5명의 조원에게 최소 2단어 이상씩 부여한다. 부여하는 순서 및 방향은 정해져 있지 않다. 한 사람씩 지목하여 1명에 대해 5명이 순차적으로 단어를 나누어 주는 것이 아니라 서로 대화를 나누면서 떠오르는 단어를 생각날 때마다 단어를 적어준다. 이때, 다른 조원과 단어가 겹치지 않도록 주의한다. 단어의 형태는 명사, 부사, 형용사, 동사 등 무엇이든 가능하다. 단, 구절이나 어절보다는 한 단어의 형태로 정해주는 것이 좋다. 문장은 사용하지 않는다. 단어를 나눌 때 가장 중요한 것은 진지한 태도와 마음을 전하는 것이다. 조원에게 단어를 부여할 때, 진지하게 이야기하고 장난스러운 태도는 보이지 않아야 한다. 장난으로 해서는 안 된다. 조원이 가진 이미지나 현재 상황에 어울리는 혹은 조원이 자주 짓는 표정이나 목소리, 취미 등을 떠올리면서 단어를 정성껏 나누어주는 것이 좋다.

각자 부여받은 단어의 목록을 정리해본다. 각자 10개 이상의 선물 받은 단어 목록이 정리되어 있을 것이다. 조원들이 각 조원의 단어 목록 중에서 5개의 단어를 최종 선정해준다. 단어 목록 중에서, 그 조원을 잘 표현하는 단어라고 판단되거나, 그 조원에게 가장 잘 어울리는 단어라고 판단되는 단어를 신중하게, 정성껏 선정해주어야 한다. 각 조원이 돌아가며 최종 5개의 단어 선정을 완료한다. 부여받은 단어 5개를 모두 활용해야 하며, 이때 활용하는 방식은 자유이다. 하나의 단어가 주제어가 되고, 나머지 단어들은 본문에서 쓰일 수도 있으며, 그 단어 중 일부는 주요 의미를 담을 수도 있고 다른 일부 단어는 기능적으로만 사용될 수도 있다. 또는 글쓴이가 주제를 별도로 정한 후, 5개의 단어들 모두 본문 안에서 사용해도 가능하다.

〈단어 목록 예시1〉
가을
아이보리
햄스터
커피
보호본능
하얀색
게임
수줍은
차분
집순이

〈단어 목록 예시2〉
떡볶이
자상하게
소심 속에 활발함
인싸
금수저
게으른 게미
발신자
빨간색
차분하게
북극여우

〈단어 목록 예시3〉
비투비
멜로디
파랑
낙서
동생 바보
성실
쎈 누나
쪼그맣다
토끼같다
리더
안경

떡볶이 예찬

나는 떡볶이를 좋아한다. 가장 좋아하는 음식이 무어냐 물어보면 떡볶이라고 바로 말할 수 있다. 매운 음식을 잘 먹지는 못하지만 떡볶이가 앞에 있으면 젓가락질을 멈출 수가 없다. 물론 내가 처음부터 이 음식을 좋아했던 것은 아니었다. 어렸을 적 나는 떡볶이를 그다지 좋아하지 않았다.

기억 속에서의 나는 유난히 매운 음식을 못 먹는 아이였다. 초등학교 급식 시간, 김치가 너무 매워서 울었던 부끄러운 기억도 있다. 그런 내가 떡볶이를 좋아하게 된 것은 엄마의 떡볶이 때문이었다. 엄마는 종종 나와 언니, 동생에게 고추장과 케찹으로 양념한 떡볶이를 간식으로 해주셨다. 나는 새콤달콤한 빨간색 떡볶이가 꽤나 마음에 들었다. 나는 그 후 조금이나마 매운 음식을 먹을 수 있게 되었고, 케찹으로 만든 떡볶이를 찾는 날도 줄게 되었다. 집에서 음식을 먹는 날도 점점 없어지고 그 떡볶이를 먹을 기회는 점점 더 없어졌다. 그러나 가끔, 나는 그때 그 떡볶이가 생각이 난다. 삼남매 둘러앉아 엄마의 정성을 듬뿍 담은 떡볶이를 즐겁게 나눠 먹던, 그 추억에 나는 계속 떡볶이를 찾게 된다.

나는 소심한 편인데도 떡볶이 얘기만 나오면 적극적이다. 요즘 떡볶이는 1인분만 시키기 어려울 때가 많다. 또 혼자 먹으면 튀김이나 순대 같은 사이드 메뉴도 먹을 수 없으니 같이 먹을 친구를 구하지 않으면 안된다. 즉 떡볶이도 인싸여야 먹을 수 있는 것이다. 물론 혼자보다는 여럿이 먹을 때 더 맛있기도 하다. 그래서 나는 떡볶이에 있어서만큼은 소심함 속에서 활발함을 드러내고 떡볶이를 먹는 자리는 고민도 하지 않고 바로 달려나간다.

......(하략)......

1학년 1학기를 마치며

가장 아쉽고 반성해야겠다고 생각했던 것이 있다. 그것은 바로 개강과 동시에 나에게 주어졌던 임무인 과제다. 대학에 가면 카페에서 음료 한 잔을 시켜놓고 햇볕 잘 드는 창가에 앉아 노트북으로 과제를 하는 게 대학생인 줄만 알았던 나에게 과제는 시련과도 같았다. 강의마다 교수님들은 우리에게 과제를 주셨고 심지어 조별 과제는 악몽이었다. 카페는 고사하고 커피 한 잔 없이 메마른 입만 축이며 과제 마감일 전까지는 절박한 심정으로 노트북만 바라보고 있었다. 그러다 보니 마음의 여유가 별로 없었던 것 같다. 좋게 말하면 풋풋함이지만 허술한 면이 많이 보이는 새내기들의 과제를 확인하시는 교수님들은 모자란 점들이 많이 보이는 그 과제프린트를 들고 뭐라고 생각하셨을까? 생각하면 지금도 많이 부끄럽고 아쉽다.(중략)

허술한 듯 풋풋한 듯 나의 1학년 1학기가 지나갔다. 하고 싶은 것도 많았고 즐기고 싶은 것도 많았으나 아직까지는 의욕만 넘쳤지 깔끔하게 일을 처리한 적은 별로 없었다고 느낀다. 그래도 한 학기 동안 얻은 것이 있다면 입학 초보다는 여러 면에서 내공과 여유가 생겼고 시행착오를 통해 시간 관리하는 법도 어느 정도 몸에 익혀두었다는 것이다. 이제 방학이 왔으니 다음 2학기를 맞이하기 전 동안에는 하고 싶었던 것과 즐기고 싶은 것들을 위한 준비를 해야겠다. 토익 공부도 하고 미래에 내가 하고 싶은 일에 대해서도 생각해서 구체적인 진로 계획도 짜보려 한다. 며칠 정도는 마음의 여유를 가지고 가까운 곳으로 여행도

다녀와야겠다. 그런 다음 2학기를 시작할 땐 1학기 때보다 더 성숙하게 시작해서 후회하지 않고 1학년을 마무리 하고 싶다.

(1) 글쓴이의 생각에 공감할 수 있는가?

마음을 움직이는 가장 큰 무기는 진정성이지만, 그러려면 우선 글을 통해 글쓴이의 상황과 생각, 감정이 충분히 전달되어야 한다.
- 상황 설명이 부족하지 않은가?
- 느낌이 단편적 표현에 그치지 않았는가?
- 자신의 생각을 강요한다는 느낌을 주지는 않는가?

(2) 나라면 어떤 생각을 했을까?

동일한 대상이나 현상 앞에서 모든 사람들이 같은 생각을 하는 것은 아니다.

글쓴이와 같은 상황에 있을 때 나라면 어떻게 생각하고 어떻게 느끼고, 어떻게 행동했을지 생각해보자.
- 글쓴이의 관점은 어떤 점에서 특징적인가? 어떻게 알 수 있는가?
- 나와 생각이 다르다면, 다른 점은 무엇이며, 왜 그러한가?

2. 5단락 글쓰기 방법과 실제

1) 5단락 글쓰기 익히기

(1) 첫 단락-서문

첫 단락에서 주제문을 제시해야 한다. 주제문은 독자에게 저자가 무엇을 말하고자 하는지 말해 준다. 단락의 첫 문장이 주제문인 경우가 대부분이지만 반드시 그래야 하는 법칙이 있는 것은 아니다. 독자의 흥미를 끌기 위한 질문으로 시작해도 좋다. 질문에 대 한 답이 주제문이 되도록 구성하는 것도 좋은 방법이다. 즉, 주제문은 첫 번째나 두 번째 문장인 경우가 가장 선명한 인상을 준다. 그리고 단락의 마지막 문장에서 뒤이어 계속될 본문의 첫 단락이 무엇을 말하게 될 것인지 알려준다면 글의 연속성이 생긴다. 이 문장은 앞 단락과 뒤 단락을 서로 연결해 주는 '고리' 문장이다. 독자가 앞으로 전개될 단락에 대해 예상할 수 있기 때문에 글에 대한 집중도를 높인다.

(2) 본문 첫 번째 단락

본문의 첫 번째 단락은 주제문을 뒷받침하는 가장 강력한 근거나 주장을 제시한다. 때로는 가장 강력한 근거가 아주 당연한 상식일 수도 있다는 점을 기억하라. 두 번째(본문 첫 번째) 단락의 주제문은 첫 번째나 두 번째 문장에 오는 것이 좋다. 단락의 첫 번째 문장은 앞의 서문 단락 마지막 문장에 연결되는 것이 좋다. 가능하다면 마지막 문장은 다음에 이어지는 단락으로 연결될 '고리'를 만들어 주는 것이 좋다.

(3) 본문 두 번째 단락

본문의 두 번째 단락은 두 번째로 강력한 근거나 주장을 제시한다. 강력한 근거나 주장으로 앞선 본문 첫 번째 단락을 보충하는 상식적인 논거를 제시할 수도 있다. 즉 '만약 A라면, 당연히 B'라는 논리를 전개할 수 있다. 이 문단에서도 첫 문장은 앞선 단락의 마지막 문장에 호응하는 문장을 쓰면 좋다. 독자의 주의를 연속으로 잡아둘 수 있다. 이 단락의 주제문은 첫 번째나 두 번째 문장인 것이 좋다. 이 주제문이 서문 단락에서 밝힌 주제와 연결되어 있도록 주의해야 한다. 마지막 문장은 다음에 이어지는 본문의 세 번째 단락으로 연결되는 단어나 구절이 들어 있도록 고리 문장으로 구성하라.

(4) 본문 세 번째 단락

본문의 세 번째 단락은 약한 주장이나 근거를 배치한다. 아니면 앞의 본문 두 번째 단락에 말한 주제에서 상식적으로 당연시되는 주장을 내세운다. 이 단락의 첫 번째 문장은 앞선 단락의 주제를 이 단락과 연결시키는 '고리'로 시작하는 것이 좋다. '고리'는 이 단락이 앞선 단락과 연락이 두절되지 않도록 연결시킨다. 이 단락의 주제문은 첫 번째나 두 번째 문장이 되도록 주의한다. 이 주제문이 서문에 제시한 주제와 관계를 맺도록 일 관성을 유지한다. 이 단락의 마지막 문장은 이 글의 본문 마지막 논점이 제시되었고 글의 마지막에 도달하고 있다는 신호를 알려야 한다. 이 신호는 다음에 이어지는 결론 단락에 연결되는 '고리'다.

(5) 결론 단락

결론 단락은 다음 네 가지를 포함하는 것이 이상적이다. 1) 서문 단락에서 사용한 것과 유사한 형식의 표현을 쓴다. 2) 주제문을 다시 한번 환기한다. 하지만 이 문장이 서문 단락의 주제문과 정확히 똑같은 문장이 되지 않도록 주의해야 한다. 3) 본문 세 단락이 말한 것을 요약한다. 4) 마지막 문장은 독자에게 한다. 독자를 설득하는 형태로 쓰인 글이라면 마지막 문장은 독자에게 행동을 촉구하는 문장이 될 것이다.

2) 5단락 글쓰기의 감상

아래는 5단락 글쓰기의 예이다. 살펴보도록 하자.

단순하지만 매우 강렬한 세 가지 열정이 내 인생을 지배했다. 사랑에 대한 갈망, 지식 추구, 인간의 고통에 대한 견딜 수 없는 연민이 그것이다. 이 열정들은 마치 거센 바람처럼 나를 이리저리로, 고뇌의 깊은 바다로, 절망의 벼랑으로 휘몰았다.

내가 사랑을 추구한 첫 번째 이유는 사랑이 주는 황홀함 때문이다. 그 황홀함은 너무도 큰 것이어서 그 환희의 몇 시간을 위해서라면 나머지 인생을 모두 바치고 싶은 순간도 있었다. 내가 사랑을 추구한 그다음 이유는 사랑이 외로움을 덜어 주었기 때문이다. 그 끔찍한 외로움 속에서 인간의 의식은 몸서리치며 세상의 가장자리 너머 차갑고 측량할 수 없는 죽음의 심연을 들여다본다. 내가 사랑을 추구한 마지막 이유는 사랑의 합일 속에서 성자들과 시인들이 상상했던 천국의 신비스런 축소판을 보았기 때문이다. 그래서 나는 사랑을 추구했고, 인간의 삶에서 일어나기엔 너무 좋은 것일지도 모를 그 사랑을 나는 찾아내었다.

똑같은 열정으로 나는 지식을 추구했다. 나는 인간의 가슴을 이해하고 싶었다. 나는 별들이 빛나는 이유를 알고 싶었다. 그리고 나는 수數가 혼돈을 다스리는 저 피타고라스적 힘을 이해하고 싶었다. 많지는 않지만 약간의 지식을 나는 성취했다.

사랑과 지식은 가능한 한 높이높이 나를 천국으로 이끌었다. 그러나 늘 연민이 나를 다시 지상으로 끌어내렸다. 고통의 절규가 메아리치며 내 가슴속에서 울려 퍼진다. 굶주리는 아이들, 압제자에게 고문당하는 사람들, 아들들에게 미운 짐이 돼 버린 무력한 노인들, 그리고 외로움과 가난과 고통에 찬 세계가 인간이라면 마땅히 누려야 할 삶을 조롱한다. 나는 세상의 악을 줄여 보고자

했으나 역부족이었고, 그래서 나 또한 고통받고 있다.

이것이 내 삶이었다. 나는 그것이 살아볼 만한 삶이었다고 생각하며 기회가 주어진다면 기꺼이 그 삶을 다시 살아 보고 싶다.

- 버트런드 러셀, 우달임 옮김,「내 인생의 세 가지 열정」,

『자서전』 2011. -

위의 예문에서 우리는 5단락 형식이 어떤 구조로 되어 있는지 명료하게 파악할 수 있다. 짧은 글이어서 글의 논리적 전개가 한눈에 파악되고 전체적인 글의 짜임새도 잘 구성되어 있어서 이해하기 쉽다. 첫 번째 단락에서 저자는 자신이 무얼 말하고자 하는지 주제를 밝히고 두 번째, 세 번째, 네 번째 문단은 그 주제에 대한 뒷받침하는 내용을 세 가지의 소주제로 제시했다. 그리고 마지막 문단으로 결론을 맺었다. 결론이 단 두 문장으로 되어 짧은 느낌을 주는 단점이 있지만 전체적으로 강렬한 인상을 주는데 성공하고 있다. 글이 길다고 해서 반드시 풍부한 정보를 제공하고 독자의 공감과 동의를 많이 얻어내는 것은 아니다. 단락의 구조가 잘 배치되어 있고 각 단락을 소주제를 명료하게 설명하면서 자신의 논지를 깔끔하게 정리한 것이 위의 문장이다.

3) 글쓰기의 실습

제목:
주제문:
개요 작성하기
1문단
2문단
3문단
4문단
5문단

절
취
선

학습활동

아래의 상황을 조별로 의논하여, 간호일지를 작성해본다.

《상황》

　나는 00아동병원에서 근무하는 간호사다. 최근 독감의 유행으로 많은 아동 환자가 입원하였다. 감염방지를 위해 1인실에 24개월인 대상 아동 환자를 격리수용했다. 5월 7일은 담당의사의 휴진으로, 간호과장은 아침 근무당번(오전 7시~오후 3시)인 내게 교대 시간인 오후 3시까지 간호적 활동(간호사 단독으로 수행할 수 있는 활동)을 충실히 하고 간호기록지를 작성한 후, 교대자에게 인수인계를 하라고 지시했다.

　(간호적 활동에는 식사와 간식 체크, 대소변과 체중 체크, 욕창 방지를 위한 마사지, 구강위생을 위한 구강간호, 체온과 맥박과 혈압 측정, 환자와 보호자의 불안감을 경감시키기 위한 각종 상담과 지지, 처방받은 약전달과 주사약 투여 등이 있으나 환자에게 필요하다고 판단되는 추가적사항들도 처리해야 하며 이외의 돌발 상황에서 빠른 상황판단과 대처 능력도 필요하다.)

　환자는 8시에 일어났으며 10시경 열이 39도까지 올랐다. 11시경 기저귀발진이 있었고 환자는 2시경 보호자가 원인을 알지 못하는 울음을 10분 동안 울었다. 이 상황에서 근무 시간 동안 본인이 행했을 간호 활동을 간호기록지에 작성해 보시오.

05 글쓰기의 규칙

1. 한글 맞춤법

글쓰기의 기본적인 조건 중 하나는 정확한 표기법을 알고 지키는 것이다. 글이 의사소통의 중요한 수단이라는 점을 생각해 볼 때, 우리 사회에서 정해진 어문 규정을 분명히 지키고 소통할 때 원활한 의사표현을 할 수 있다. 또한 현실적인 상황에서 한 편의 글 안에서 맞춤법이나 띄어쓰기와 같은 기본적인 어문 규정들이 제대로 지켜지지 않고 오류가 많다면 좋은 글이라는 인상을 주기는 힘들 것이다.

문법적 오류는 독자에게 글 자체에 대한 이해도도 낮아질 뿐 아니라, 글쓴이에 대한 신뢰가 사라질 수 밖에 없다는 것을 기억해야한다. 어법에 맞고, 정확한 표현을 사용하려면 정확한 표현을 쓰려면 우선 책을 많이 읽고, 단어의 표기와 의미에 익숙해져야 한다. 그리고 사전을 참고하는 습관을 갖도록 한다.

인터넷 국립국어원 홈페이지에서 표준국어대사전으로 단어를 검색할 수 있고 한글 맞춤법과 표준어와 같은 어문 규정도 확인할 수 있다. 그리고 질의응답란에서는 일상생활에서 사용하다가 부딪히는 수많은 우리말 궁금증에 대해 국립국어원의 공식적인 답변을 찾을 수 있다.

제1항 한글 맞춤법은 표준어를 소리대로 적되, 어법에 맞도록 함을
　　　원칙으로 한다.
제2항 문장의 각 단어는 띄어 씀을 원칙으로 한다.
제3항 외래어는 '외래어 표기법'에 따라 적는다.

우리나라 글자는 본래 글자가 가진 소리대로 쓰는 소리글자이다. 그
러나 입으로 말할 때와 달리 표기해야 하는 경우가 많다. 예를 들어
국어[구거], 나뭇잎[나문닙], 읽기[일끼] 같은 낱말이다. 쓰는 것과 들리
는 것이 다르다. 이처럼 하나씩 띄어 읽을 때와 붙여서 읽을 때 다른
소리가 나는 말이 있다.

4항 한글 자모의 수는 스물넉자로 하고, 그 순서와 이름은 다음과
같이 정한다.

　　ㄱ(기역) ㄴ(니은) ㄷ(디귿) ㄹ(리을) ㅁ(미음) ㅂ(비읍) ㅅ(시옷)
　　ㅇ(이응) ㅈ(지읒) ㅊ(치읓) ㅋ(키읔) ㅌ(티읕) ㅍ(피읖) ㅎ(히읗)

　　ㅏ(아) ㅑ(야) ㅓ(어) ㅕ(여) ㅗ(오) ㅛ(요) ㅜ(우) ㅠ(유) ㅡ(으) ㅣ
　　(이)

1) 두음법칙

두음법칙은 한자어 단어의 첫소리에 'ㄴ'이나 'ㄹ'이 오지 않도록
하는 것이다. 두음 칙은 한자음에만 적용된다. '녀석'과 같은 고유어
혹은 '라디오'와 같은 외래어에는 두음법칙을 적용하지 않는다.
　예) 한자음 〈녀, 뇨, 뉴, 니/랴,려, 례, 료, 류, 리/ 라, 래, 로, 뢰,

루, 르〉가 단어 첫머리에 올 적에는 두음법칙에 따라 〈여, 요, 유, 이/ 야, 여, 예, 요, 유, 이/ 나, 내, 노, 뇌, 누, 느〉로 적는다.

'렬'이나 '률'은 모음이나 'ㄴ' 받침의 뒤에서는 '열'과 '율'로 쓴다. '량, 란'의 경우에는 한자어의 뒤에서는 '량'이나 '란'으로 쓰지만, 고유어와 외래어의 뒤에서는 '양'이나 '난'으로 표기된다.

예) 합격률, 출산율, 노동량, 알칼리양, 독자란, 백분율, 취업률, 비율, 나열

2) 사이시옷

① 고유어+고유어, 고유어+한자어의 합성어로 된 단어에서, 뒷말의 첫소리가 된소리로 나는 경우

예) 하굣길, 전셋집, 찻잔, 장밋빛, 주춧돌

② 고유어+고유어, 고유어+한자어의 합성어로 된 단어에서, 뒷말의 첫소리 'ㄴ'이나 'ㅁ' 앞에서 'ㄴ' 소리가 덧나는 경우

예) 제삿날, 빗물, 냇물, 아랫니, 잇몸

③ 한자어+한자어의 합성어로 된 단어의 경우, 다음의 2음절 한자어 6가지에만 사이시옷을 사용

예) 곳간(庫間), 셋방(貰房), 숫자(數字), 찻간(車間), 툇간(退間), 횟수(回數)

* 된소리: 구강 내부의 기압(氣壓) 및 조음기관(調音器官)의 긴

장도가 높아 강하게 파열되는 음, 국어에서는 ㄲ·ㄸ·ㅃ·ㅆ·ㅉ이 여기에 속한다. 된소리는 발음할 때 모든 조음 기관이 극도로 긴장된다. 또한 다음에 오는 모음의 연결이 매우 일정하다.

*거센소리: 격음(激音)이라고도 한다. 폐쇄음을 밖으로 터뜨릴 때 다음에 이어갈 모음의 성대진동 사이에 무성(無聲)의 거친 소리를 동반한 음이다. 국어의 거센소리로는 'ㅍ·ㅌ·ㅊ·ㅋ' 등이 있다.

3) 본말과 준말

① 단어의 기본형 '되다/쇠다/뵈다'의 어간에 '-어'가 붙어 줄여 쓰는 경우에는 '돼/쇄/봬'로 표기
예) 항상 건강해야 돼. 우리는 선생님을 자주 봬요. 설은 잘 쇴지?
쇠다: 명절, 생일, 기념일 같은 날을 맞이하여 지내다.
뵈다: 웃어른을 대하여 보다.

② 단어 '-하지'를 줄여 쓸 때, '-하지' 앞에 오는 소리가 ㄱ, ㅂ, ㅅ으로 끝나면 '하'가 생략되고 '지'만 표기
예) 익숙하지 → 익숙지 ('익숙치'는 틀림)
넉넉하지 → 넉넉지 ('넉넉치'는 틀림)
섭섭하지 → 섭섭지 ('섭섭치'는 틀림)
답답하지 → 답답지 ('답답치'는 틀림)
깨끗하지 → 깨끗지 ('깨끗치'는 틀림)

③ '왜인지'를 줄여 쓰고자 할 경우 '왠지'를 일관되게 적는다.

　　예) 오늘은 <u>왠지</u> 기분이 좋아.

　　　　<u>왠지</u> 그 사람이 올 것 같아.

'웬'은 '어찌 된, 어떠한, 어떤'을 뜻하는 관형사이다. 명사 앞에 쓰이기도 하고, 명사와 합쳐서 다른 단어를 만들기도 한다. 명사 앞에서 관형사로 쓰일 때는 앞뒤로 모두 띄어 써야 한다.

　　예) <u>웬일</u>로 학교에 일찍 왔어?

　　　　<u>웬걸</u> 이번 학기에는 성적이 잘 나왔어.

　　　　<u>웬</u> 책이 이렇게 많지?

④ '데'와 '대'의 사용 : '-데'는 과거의 경험을 회상할 때 줄여 쓰는 말이다.

　　예) 어제 보았던 그 영화는 정말 <u>재밌데</u>.

　　　　어제 갔던 미영이네 집은 참 잘 <u>꾸몄데</u>.

'-대'는 다른 사람에게 들었던 말을 전달하고자 할 때 '-다고 해'를 줄여서 '-대'로 쓴 것이다.

　　예) 동생이 그러는데 정은이는 아파서 오늘 못 <u>온대</u>.

　　　　어머니께 들었는데 순이가 곧 결혼한대.

4) 불규칙 용언

활용할 때 어간은 변하지 않는 것이며, 어간과 어미는 모음조화의 규칙에 따라 어간의 끝이 양성모음('ㅏ', 'ㅗ', 'ㅑ', 'ㅛ', 'ㅘ', 'ㅚ', 'ㅐ')이면 '-아, -오' 계의 어미가 쓰이고, 음성모음('ㅓ', 'ㅜ', 'ㅕ', 'ㅠ', 'ㅔ', 'ㅝ',

'ㅟ', 'ㅞ')이면 '-어, -우' 계의 어미가 쓰이는 것이 규칙활용이다. 이와 같은 기본형태에서 달라지는 것을 불규칙활용이라 하며, 이러한 용언을 불규칙용언이라 한다.

불규칙용언 중에서 어간이 바뀌는 것
ㄷ불규칙용언: 그 문제는 선생님께 <u>물어</u> 보자. (묻다)
ㅂ불규칙용언: 외로운 이웃을 <u>도와</u> 주자. (돕다)
ㅅ불규칙용언: 우리 마을에는 새로 <u>지은</u> 집이 많다. (짓다)

① ㄹ 불규칙 용언 표기의 일관성을 지키면 소리가 달라지는 경우에는 소리대로 적어야 한다. 이에 따라 '-ㄴ'이나 '-는' 앞에서 'ㄹ'이 탈락되는 경우가 많다.

'거칠다, 거칠고, 거칠어'는 '거칠-'로 일관되게 적을 수 있지만, '-은'이 연결될 경우는 '거친'이 되므로 '거칠은'으로 적을 수 없다.

　　예) 거친(거칠은 X) 들판에 핀 한 송이 장미가 눈부시다.
　　　　저기 높이 나는(날으는 X) 초록색 연은 누구의 것이니?
　　　　(날으는 X) 비행기
　　　　가을에는 노는(놀으는 X) 날이 많은 편이다.
　　　　밭을 가는(갈으는 X)어르신들

② 'ㄷ' 불규칙 용언 어간이 'ㄷ'으로 끝나는 일부 단어는 모음 어미와 결합할 때 'ㄹ'로 표기가 바뀐다.

　　예) 국수가 붇다 → 국수가 <u>불어서</u> 맛이 없다.
　　　　친구에게 묻다 → 친구에게 <u>물어</u> 찾아왔다.
　　　　선배의 소식을 듣다 → 선배의 소식을 <u>들어</u> 오해가 풀렸다.

5) 외래어 표기법

외래어는 외국어가 국어의 체계에 동화되어 사용되고 있는 단어들이다. 여기서는 외래어 표기의 기본 원칙을 알아보고자 한다. 외래어는 국어에서 현재 사용하는 24개 자모만으로 적는다. 현용 24개의 자모는 자음 14개(ㄱ, ㄴ, ㄷ, ㄹ, ㅁ, ㅂ, ㅅ, ㅇ, ㅈ, ㅊ, ㅋ, ㅌ, ㅍ, ㅎ)와 모음 10개(ㅏ, ㅑ, ㅓ, ㅕ, ㅗ, ㅛ, ㅜ, ㅠ, ㅡ, ㅣ)이다.

외래어의 하나의 음운은 원칙적으로 하나의 기호로 적는다. 예를 들어 [f] 발음은 'ㅍ'으로 적는다.
예) 파이팅(○) 화이팅(×) 파일(○) 화일(×)

외래어의 받침은 'ㄱ, ㄴ, ㄷ, ㄹ, ㅁ, ㅂ, ㅅ, ㅇ'만을 사용한다.
예) 커피숍(○) 커피숖(×) 케이크(○) 케잌(×)

파열음 표기에는 된소리를 하지 않는 것을 원칙으로 한다.
예) 파리(○) 빠리(×) 카페(○) 까페(×)

다만, 이미 굳어진 외래어는 관용을 존중하되, 그 범위와 용례를 따로 정하고 있다. 이는 언어생활의 혼란을 방지하기 위한 것이다.
예) 라디오(○) 레이디오(×) 카메라(○) 캐메러(×)

6) 기타

① '몇 일'은 틀린 표현이다. 언제나 '며칠'로 표기하는 것이 맞다.
② '삼가하다'는 틀린 표현이다. '삼가다'가 기본형인 것을 기억하자.

삼가다의 뜻은 몸가짐이나 언행을 조심하다는 것이다.

　예) 남에게 신세 지는 일은 되도록이면 삼가야 한다.

③ '아니였다'는 틀린 표현이다. '아니었다'로 쓰는 것이 맞다.

'아니-/-었-/-다'의 구성으로 활용한 것이므로 '아니었다'로 쓰는 것이다.

　예) 시험은 아무것도 아니었다.

④ '체', '채', '째'의 구분

'체'는 '-(하는) 척하다'의 의미의 보조용언이다. '채'는 '-(하는) 상태'의 의미로 관형사형 어미 뒤에서 쓰는 의존명사이다.

'째'는 '그대로', 또는 '전부'의 의미로 명사 뒤에 쓰는 접미사이다.

　예) 동생은 겉으로만 착한 체했다.

　　　그는 항상 에어컨을 켠 채로 잠을 잔다.

　　　도라지는 뿌리째 먹어야 약이 된다.

⑤ '-오'와 '-요'의 구분

'-오'는 '하오'체의 종결어미이며, '-요'는 문장 사이의 연결어미 혹은 의문형 문장의 종결어미로 쓰인다.

　예) 자주 찾아오시오.

　　　목소리를 낮추십시오.

　　　그녀는 나의 기쁨이요, 희망이다.

　　　어디서 시작할까요?

질문에 대한 대답으로 '예'의 반대로 쓰이는 경우는 '아니요'로 표기한다.

⑥ '-로서'와 '-로써'의 구분

'-로서'는 신분, 자격, 지위 등을 나타낼 때 사용한다. '-로써'는 수단, 방법, 도구 등을 나타낼 때 사용한다.

예) 부모로서 의무를 다해야 한다.

이 문제는 너로서 시작되었다.

이 샐러드는 신선한 야채로써 만들어졌다.

그날로써 나는 어엿한 사회인이 되었다.

너희들 자꾸 싸우지 말고 대화로써 오해를 풀어 봐라.

⑦ '-든지'와 '-던지'의 구분 '-든지'(혹은 '-든')는 선택의 경우에 쓰고, '-던지'(혹은 '-던')는 과거의 일에 사용한다.

예) 야구든지 축구든지 하나를 선택해라.

그녀는 학교에서든지 집에서든지 항상 예의 바르게 행동한다.

아이가 얼마나 밥을 많이 먹던지 배탈날까 걱정이 되었다.

그녀는 혼자 남겨진 아이가 불쌍했던지 몇 번이고 뒤를 돌아보았다.

동생도 놀이가 재미있었던지 더 이상 엄마를 찾지 않았다.

⑧ '-ㄹ걸'와 '-ㄹ까'의 구분 '-(으)ㄹ걸', '-(으)ㄹ게', '-(으)ㄹ세', '-(으)ㄹ수록' 등과 같이 '-ㄹ' 뒤에 오는 다음 어미들은 된소리로 발음되지만 예사소리로 적는다. 다만, '(을)ㄹ까', '(-을)ㄹ꼬', '-(으)쏘냐', '-(을)니까' 등과 같이 의문을 나타내는 어미들은 된소리로 적는다.

예) 언제까지나 너를 내가 지켜 줄게.

그녀는 벌써 대구에 도착했을걸.

내가 일찍 가는 것이 좋은 걸까?

집에 도착하면 바로 문자할게.

⑨ '윗', '위', '웃'의 구분 '윗-'은 위와 아래의 대립이 있을 때 사이시옷 (ㅅ)이 적용되는 경우 이다. '위-'는 거센소리나 된소리 앞에서 쓰인다. '웃 -'은 위와 아래의 대립이 없을 때 사용된다.

예) 윗도리, 윗니, 윗입술, 윗눈썹, 윗목

위쪽, 위층, 위채 웃어른, 웃돈, 웃옷(겉에 입는 옷)

⑩ '수'와 '숫'의 구분 수컷을 의미하는 접두사는 '수'로 통일한다. '숫' 은 단지 3개의 단어에만 쓴다.

예) 수개미, 수곰, 수고양이, 수고래, 수벌, 수꿩, 수나사, 수놈, 수소, 수은행나무

숫양, 숫염소, 숫쥐

🖹 연습문제

다음 문장을 올바르게 고치시오.

1. 부모로써 최선을 다해야 한다.

   ⇨ _____

2. 만두국을 먹은 너를 이해할께.

   ⇨ _____

3. 자주 가든 카페에 가서 치즈케잌을 사와.

   ⇨ _____

4. 선배님 학교에서 봬요.

   ⇨ _____

5. 그는 옷을 입은 체로 잠들었다.

   ⇨ _____

6. 전세집의 상태가 숙소에 비하면 아무것도 아니였다.

   ⇨ _____

7. 동생이 말하기를 그 가방이 비싸데.

   ⇨ _____

8. 라디오에서 음악이 나오고, 한쪽에서는 라면이 불다.

   ⇨ _____

9. 독자란에 투고할가?

　　⇨ _____

10. 섭섭치 않게 챙겨줄게.

　　⇨ _____

11. 추우니까 윗옷을 걸치고 나가렴.

　　⇨ _____

12. 예, 아니오로 말하시오.

　　⇨ _____

13. 몇 월 몇일에 귀국하니?

　　⇨ _____

14. 어제 통채로 먹었던 국수는 정말 맛있대

　　⇨ _____

15. 하늘을 날으는 풍선

　　⇨ _____

다음 중 옳은 표현을 골라 보자.

1. 내일 (① 뵈요 / ② 봬요)!

2. 내일 연락해도 (① 되?/ ② 돼?)

3. 다음 회의가 몇 월 (① 몇 일 / ② 며칠)이지?

4. 내 (① 거칠은 / ② 거친) 생각과 불안한 눈빛

5. 개구리가 파리를 (① 통째 / 통채) 삼켜 버렸다.

6. 오늘은 (① 왠지 / ② 웬지) 떡볶이를 먹고 싶다.

7. 내 말 안 들었다가는 (① 후회할 걸 / ② 후회할 껄).

8. 이것은 (① 반찬이오 / ② 반찬이요), 저것은 밥이다.

9. 우리 집에서는 모두 음력 생일을 (① 쇤다 / ② 쇈다).

10. 우리나라의 (① 출산율 / ② 출산률)은 매우 낮은 편이다.

11. 밥을 (① 먹든지 말든지 / ② 먹던지 말던지) 마음대로 해.

12. 암소는 (① 수소보다 / ② 숫소보다) 육질이 비교적 연하다.

13. 사람들이 그러는데 그 책 진짜 (① 재미있데 / ② 재미있대).

14. 나는 선생님과 (① 등굣길 / ② 등교길)에 함께 버스를 탔다.

15. 그는 급한 마음에 신을 신은 (①체 / ②채) 방으로 들어갔다.

틀리기 쉬운 표현을 올바르게 고쳐보자.

1. 어의없다

   ⇨ _____

2. 병이 낳았다

   ⇨ _____

3. 않하고, 않돼. 않된다

   ⇨ _____

4. 문안하다

   ⇨ _____

5. 오랜만에

   ⇨ _____

6. 예기를 하다보니

   ⇨ _____

7. 역활

   ⇨ _____

8. 들어나다

   ⇨ _____

9. 희안하다

   ⇨ _____

10. 뵈요

   ⇨ _____

11. 행복하기를 바래

   ⇨ _____

12. 염두하다

   ⇨ _____

13. 도데체

   ⇨ _____

14. 할꺼야. 할껄, 할께요

   ⇨ _____

15. 이성 간의 연예

   ⇨ _____

16. 금새

   ⇨ _____

17. 왠일인지

   ⇨ _____

18. 나 어떻해

   ⇨ _____

19. 있다가 전화할게

   ⇨ _____

20. 요세

   ⇨ _____

2. 띄어쓰기

띄어쓰기

문장의 의미를 분명히 전달하고 독서의 효율성을 높이기 위한 규범이다. 문장의 각 단어는 띄어쓰기를 원칙으로 한다. 다만 조사는 그 앞말에 붙여 쓴다.

예)

재가 봤어.

너를 만났어.

그는 혼자야.

어머니께서 웃으셨어.

일기예보에서 그랬어.

1) 의존명사

의존명사: 의존명사는 독립된 단어이기 때문에 띄어 쓰는 것을 원칙으로 한다. 대표적인 의존 명사의 사례로는 '것, 바, 수, 지, 만큼' 등이 있다.

예) 입을 것이 없다.

모르는 것이 약이다.

여기서는 할 게 없다.

그는 어찌 할 바를 모르고 당황했다.

그 일을 할 수 있다.

나는 그녀를 만난 지 아주 오래 되었다.

주는 만큼 받아오는 것이다.

2) 단위 명사

단위를 나타내는 명사는 기본적으로 띄어 쓰는 것을 원칙으로 한다.
단, 앞말에 순서나 숫자가 나오는 경우는 붙여 쓸 수 있다.
　예) 한 개, 차 한 대, 금 서 돈, 고기 두 근, 밥 두어 술
　소 한 마리, 옷 한 벌, 열 살, 흙 한 줌, 전화 한 통
　조기 한 손, 연필 한 자루, 버선 한 죽, 밤 한 톨
　집 한 채, 신 두 켤레, 북어 한 쾌, 참기름 한 병

3) 고유명사

성과 이름은 붙여 쓴다. 사람의 직위나 관직 이름, 호칭 등은 띄어
쓴다.
　예시) 홍길순, 박영희, 임영신 박사, 김 과장, 이 선생
　홍길동 씨, 홍 씨, 길동 씨, 김철수 군
　김 군, 철수 군, 박선영 양, 김선숙 옹
　민수철 교수, 민 교수, 총장 정영수 박사
　율곡 이이, 백범 김구, 사 사장(史社長), 여 여사(呂女史)
　황희 정승

4) 동일한 표현의 다른 띄어쓰기 사례

　① 뿐

'뿐'은 그 용법이 크게 두 가지로 나뉘기 때문에 각각 띄어쓰기의 방법이 다르다. '뿐'이 체언의 뒤에 붙어 '한정'의 의미를 나타내는 경우는 조사이며, 이때 '뿐'은 붙여 쓴다.

'뿐'이 용언의 뒤에 붙어 '그럴 따름'의 의미를 나타내는 경우는 의존명사이며, 이때 '뿐'은 띄어 쓴다.

예) 이제 믿을 것은 오직 실력뿐이다.

먹을 만한 건 이것뿐이다.

이 가게의 채소는 싱싱할 뿐 아니라 값도 싸다.

다른 친구들은 서로 얼굴만 쳐다볼 뿐 손을 들지 않았다.

② 대로

'대로'가 체언의 뒤에 나올 때는 조사이며, 이때는 붙여 쓴다. '대로'가 용언의 뒤에 나올 때는 의존명사이며, 이때는 띄어 쓴다.

예) 모든 일은 법대로 처리하시오.

나도 설명서대로 해 봤지만 기계가 작동하지 않는다.

서울에 도착하는 대로 집으로 전화를 하거라.

강아지는 사람들이 먹이를 주는 대로 받아먹었다.

③ 만큼

'만큼'이 체언 뒤에 나올 때는 조사이며, 이때는 붙여 쓴다. '만큼'이 용언 뒤에 나올 때는 의존명사이며, 이때는 띄어 쓴다.

예) 나도 언니만큼 요리를 잘할 수 있다.

동생도 형만큼 똑똑하다.

그는 아들에게 희망을 건 만큼 실망도 컸다.

네가 나에게 베푸는 만큼 나도 너에게 베풀겠다.

아버지가 야단친 만큼 동생의 행동도 달라졌다.

④ 만

'만'이 체언의 뒤에 붙어 '한정'이나 '비교'의 의미를 나타낼 때는 조사이며, 이때는 붙여 쓴다. 그런데 '만'이 '시간의 경과'의 의미를 나타낼 때는 의존 명사이며, 이때는 띄어 쓴다.

예) 나는 너 하나만 믿는다.

　　 공부만 하면 건강을 해친다.

　　 5년 만에 학교에 복학했다.

　　 그녀가 미국으로 돌아간 지 이틀 만에 문자가 왔다.

⑤ 지

'-지'가 어미의 형태일 때는 붙여 쓴다. '-지'가 용언의 관형사형 뒤에 붙어 '시간의 경과'의 의미를 나타내는 경우는 의존명사이며, 띄어 쓴다. 반면, '막연한 의문'의 의미로 사실이나 판단과 관련될 때에는 어미로 붙여 쓴다. 후행 서술어는 '알다, 모르다'로 제한된다.

예) 동네에 우체국이 개국한 지 10년이 되었다.

　　 캐나다로 어학연수를 온 지 일년이 지나자 영어에 익숙해졌다.

　　 그녀가 누군지 아무도 모른다.

　　 그의 키가 큰지 작은지 알 수 없다.

⑥ 데

'데'가 어떤 사실을 먼저 언급하거나 또는 스스로 감탄할 때는 어미로 붙여 쓴다. 그러나 '장소, 경우, 일, 것'의 의미일 때는 의존명사이며, 이때는 띄어 쓴다.

예) 날은 잔뜩 흐린데 비가 올 것 같지 않다.

그 여행지는 참으로 멋있던데.

물은 높은 데서 낮은 데로 흐른다.

이런 데 와서 고집을 부린다고 해결될 일이 아니다.

배 아픈 데에 잘 듣는 약이 있다.

그 영화를 다 보는 데 하루가 걸렸다.

⑦ 밖에

'밖에'가 일정한 한도나 범위에 들지 않는 나머지 다른 부분이나 일 등을 나타낼 때는 의존명사로 띄어 쓴다. 한편 '그것 말고는'의 의미를 나타낼 때는 조사로 붙여 쓴다.

예) 내겐 너밖에 없어.

너 정말 그렇게밖에 할 수 없었니?

그는 창문 밖에서 소리쳤다.

이 밖에도 동글백화점은 고객들에게 무료 영화 쿠폰을 제공할 예정이다.

⑧ 안되다 / 못되다

하나의 형용사인 경우에는 붙여 쓴다. '부정사(안/못) + 되다/하다'인 경우에는 띄어 쓴다.

예) 면접에서 불합격했다니 참 안되었다.

요리를 정말 못한다.

입장 순서가 아직 안 되었다.

일이 많아서 결국은 못 했어.

*움직임이나 상태가 일정한 수준에 못 미치다. 동사나 형용사 어미 '-지' 다음에 쓰여 능히 할 수 없거나 미치지 못함을 나타내는 경우에는 '못하다'와 같이 붙여 써야 한다.

ㄱ. 그는 음치라서 노래를 못한다.

ㄴ. 형이 아우만 못하다.

ㄷ. 다영이는 아직 스키를 타지 못한다.

ㄹ. 이 도시의 거리는 깨끗하지 못하군요.

* '못 살다'의 경우에도 '못살다'와 같이 붙여 쓰면 '살지 못하다'의 뜻이 아니고 '가난하게 살다' 또는 '기를 못 펴다'의 뜻이 된다.

ㄱ. 요즘같이 어려운 때에는 못사는 사람들도 생각할 줄 알아야 한다.

ㄴ. 너보다 어리다고 그렇게 못살게 굴지 마라.

⑨ 커녕, 라고, 부터, 마는

'커녕', '라고', '부터', '마는'은 조사이므로 앞말에 붙여 쓴다.

예) 어머니는 그 일에 대해서 야단커녕 칭찬만 하시더라.

그는 돕기는커녕 방해할 생각만 하고 있는 듯하다.

밥커녕 죽도 못 먹는다.

그 녀석 고마워하기는커녕 아는 체도 않더라.

선생님께서 "끝났다"라고 하셨다.

그녀는 "나는 행복하다."라고 말했다.

줄넘기를 하고서부터 체중이 줄었다.

노트북을 사고 싶다마는 이번에는 참아야겠다.

5) 기타

하나의 단어로 굳어진 사례는 당연히 붙여 쓴다.

예) 그때, 거침없다, 쏜살같다, 못지않다
상관없다, 관계없다, 기탄없다, 쓸데없다

6) 구별하여 써야 할 표현

가름	둘로 가름.
갈음	새 책상으로 갈음하였다.
거름	풀을 썩힌 거름.
걸음	빠른 걸음.
거치다	영월을 거쳐 왔다.
걷히다	외상값이 잘 걷힌다.
걷잡다	걷잡을 수 없는 상태.
겉잡다	겉잡아서 이틀 걸릴 일.
그러므로(그러니까)	그는 부지런하다. 그러므로 잘 산다.
그럼으로(써) (그렇게 하는 것으로)	그는 열심히 공부한다. 그럼으로(써) 은혜에 보답한다.
노름	노름판이 벌어졌다.
놀음(놀이)	즐거운 놀음.
느리다	진도가 너무 느리다.
늘이다	고무줄을 늘인다.
늘리다	수출량을 더 늘린다.
다리다	옷을 다린다.

달이다	약을 달인다.
다치다	부주의로 손을 다쳤다.
닫히다	문이 저절로 닫혔다.
닫치다	문을 힘껏 닫쳤다.
마치다	벌써 일을 마쳤다.
맞히다	여러 문제를 더 맞혔다.
목거리	목거리가 덧났다.
목걸이	금목걸이, 은목걸이.
바치다	나라를 위해 목숨을 바쳤다.
받치다	우산을 받치고 간다. 책받침을 받친다.
받히다	쇠뿔에 받혔다.
밭치다	술을 체에 밭친다.
반드시	약속은 반드시 지켜라.
반듯이	고개를 반듯이 들어라.
부딪치다	차와 차가 마주 부딪쳤다.
부딪히다	마차가 화물차에 부딪혔다.
부치다	힘이 부치는 일이다. 편지를 부친다. 논밭을 부친다. 빈대떡을 부친다. 식목일에 부치는 글. 회의에 부치는 안건. 인쇄에 부치는 원고. 삼촌 집에 숙식을 부친다.
붙이다	우표를 붙인다.

	책상을 벽에 붙였다. 흥정을 붙인다. 불을 붙인다. 감시원을 붙인다. 조건을 붙인다. 취미를 붙인다. 별명을 붙인다.
시키다	일을 시킨다.
식히다	끓인 물을 식힌다.
아름	세 아름 되는 둘레.
알음	전부터 알음이 있는 사이.
앎	앎이 힘이다.
안치다	밥을 안친다.
앉히다	윗자리에 앉힌다.
어름	두 물건의 어름에서 일어난 현상.
얼음	얼음이 얼었다.
이따가	이따가 오너라.
있다가	돈은 있다가도 없다.
저리다	다친 다리가 저린다.
절이다	김장 배추를 절인다.
조리다	생선을 조린다. 통조림, 병조림.
졸이다	마음을 졸인다.
주리다	여러 날을 주렸다.
줄이다	비용을 줄인다.
하노라고	하노라고 한 것이 이 모양이다.

하느라고	공부하느라고 밤을 새웠다.
-느니보다(어미)	나를 찾아오느니보다 집에 있거라.
-는 이보다(의존 명사)	오는 이가 가는 이보다 많다.
-(으)리만큼(어미)	나를 미워하리만큼 그에게 잘못한 일이 없다.
-(으)ㄹ 이만큼(의존 명사)	찬성할 이도 반대할 이만큼이나 많을 것이다.
-(으)러(목적)	공부하러 간다.
-(으)려(의도)	서울 가려 한다.
(으)로서(자격)	사람으로서 그럴 수는 없다.
(으)로써(수단)	닭으로써 꿩을 대신했다.
-(으)므로(어미)	그가 나를 믿으므로 나도 그를 믿는다.
(-ㅁ, -음)으로(써)(조사)	그는 믿음으로(써) 산 보람을 느꼈다.

📝 연습문제

다음 문장의 띄어쓰기를 올바르게 고쳐보자.

1. 우리는만난지3년만에서로간의오해때문에생긴불신으로인해우리의관계에금이갔을뿐만아니라영원히고치지못할마음의상처를지니게됐다.

   ⇨ _____

   _____

   _____

2. 열내지열한명의학생들이교실안에있는듯하다.

   ⇨ _____

3. 너없는빈교실에서는너의쓸쓸한웃음소리만내귀에울릴뿐이다.

   ⇨ _____

4. 비는오는데갈데도없고해서생각나는대로걷다보니무려세시간이지나버렸다.

   ⇨ _____

5. 먹고싶은만큼계획대로먹는것이중요하다고할수있다.

   ⇨ _____

6. 머리좋은게마음좋은것만못하다.

   ⇨ _____

7. 세시에서부터일곱시까지공부해야겠다.

   ⇨ _____

8. 두리안은가족에게뿐만아니라친구들에게도항상웃는얼굴로대한다.

   ⇨ _____

9. 거치적거리지말고네자리에가서앉아있어라.

   ⇨ _____

10. 청소년기일수록단백질섭취량이상당히필요하다.

    ⇨ _____

11. 민영이는입원하고있던병원에서퇴원했다.

    ⇨ _____

12. 오늘에서야네가뜻한바를알겠어.

    ⇨ _____

13. 나에겐오직너뿐이야.

    ⇨ _____

14. 그저먹고살기위해최선을다했을뿐이다.

    ⇨ _____

15. 그가떠난지보름만에집에돌아왔다.

    ⇨ _____

16. 열심히노력한만큼좋은결과를얻을수있었다.

    ⇨ _____

17. 네가원하는대로하길바란다.

    ⇨ _____

18. 택배가언제도착했는지모르겠다.

    ⇨ _____

19. 언제한번밥이나먹자

    ⇨ _____

20. 김과장님이어젯밤갑자기전화하셨다.

    ⇨ _____

21. 뜻한바를모두이루기전에는절대돌아오지않을것이다.

    ⇨ _____

22. 아시다시피우리나라에서는남과여누구에게나동등한권리가부여되고
    있습니다.

    ⇨ _____

    _____

3. 맞춤법 실력 점검하기

　맞춤법은 언뜻 보아서는 별것 아닌 것 같기도 하고 쉬워 보이지만 막상 제대로 사용하려면 여간 어려운 것이 아니다. 다음은 일상 생활속에서 자주 틀리는 맞춤법이다. 비슷한 발음 혹은 모양이 비슷해서 혼동하기 쉽다. 이번 기회에 확실하게 점검해보자.

ㄱ

가던지오던지→가든지 오든지
겉잡을 수 없이→걷잡을 수 없이
경쟁률→경쟁율
개구장이→개구쟁이
가르키다→가르치다
기달려→ 기다려
곰곰히→곰곰이
구지→굳이
금새→금세
그렇치만→그렇지만
괴변→궤변
꼴갑→꼴값

ㄴ

나무가지→나뭇가지
날으는→나는
날자→날짜
남비→냄비

ㄷ

내노라하다→내로라하다
네째→넷째
누누히→누누이

ㄷ

닥달하다→닦달하다
달달이→다달이
댓가→대가(對價)
더우기→더욱이
덥히다→데우다
돐→돌
뒷편→뒤편
들여마시다→들이마시다

ㄹ

로타리→로터리

ㅁ

머릿말→머리말

먹던지 말던지→먹든지 말든지
멀지않아→머지않아
멋장아→ 멋쟁이
무릎팍→ 무르팍
말아죠→ 말아줘
멋장이→ 멋쟁이
모듬회→ 모둠회
몇일→ 며칠
무릎쓰고→ 무릅쓰고
무엇이던지→ 무엇이든지
무뇌한→ 문외한

ㅂ

벌칙금→ 범칙금
바래지 말고 → 바라지 말고
반듯이→ 반드시
발자욱→ 발자국
밧데리→ 배터리(전지)
비로서→ 비로소
빈털털이→ 빈털터리
빛갈→ 빛깔

ㅅ

사람으로써→ 사람으로서
설레임-설렘
색갈→ 색깔
설겆이→ 설거지
숫가락→ 숟가락

승락→ 승낙
쉽상이다→ 십상이다
싫컷→ 실컷

ㅇ

아뭏튼→ 아무튼
안 되?→ 안 돼?
일부로→ 일부러
어떻든→ 어떠튼
알맞는→ 알맞은
얼마던지→ 얼마든지
인마→ 임마
오랫만에→ 오랜만에
역활→ 역할
왠 떡이니→ 웬 떡이니
웬지→ 왠지
윗어른→ 웃어른

ㅈ

잠구다→ 잠그다
저마치→ 저만큼
저희나라→우리나라
점장이→ 점쟁이
주책이다→ 주책없다
재털이 → 재떨이

ㅊ

참피온→ 챔피언

촛점→ 초점   풋나기→ 풋내기
치루다→ 치르다   피기→ 핏기
칫과→ 치과   필림→ 필름

ㅋ   ㅎ

칼라→ 컬러   ~하는대→ ~하는데
케케묵은→ 케케묵은 하던지 말던지→ 하든지 말든지
코메디→ 코미디   하마트면→ 하마터면
턱도 없다→ 택도 없다 하루밤→ 하룻밤
태잎→ 테입   흐리멍텅하다→ 흐리멍덩하다
텔레비젼→ 텔레비전 흐뭇하게→ 흐뭇하게
         햇님→ 해님
ㅍ   화일→ 파일
푸르른 날은→ 푸른 날은 휴계실→ 휴게실

문장의 부호 일람표

	이름	용법
.	마침표	서술, 명령, 청유 등을 나타내는 문장의 끝에 쓴다. 연월일을 표시하거나 특정한 의미가 있는 날을 나타낼 때 쓴다. 장, 절, 항등을 표시하는 문자나 숫자 다음에 쓴다.
?	물음표	의문문이나 물음을 나타내는 어구의 끝에 쓴다. 특정한 어구의 내용에 대하여 의심, 빈정거림을 표시할 때 쓴다. 적절한 말을 쓰기 어려울 때 모르거나 불확실한 내용임을 나타낼 때에 쓴다.
!	느낌표	감탄문이나 감탄사의 끝에 쓴다. 어구, 평서문, 명령문, 청유문에 특별히 강한 느낌을 나타날 때 쓴다. 물음의 말로 놀람이나 항의의 뜻을 나타내는 경우에 쓴다. 감정을 넣어 대답하거나 다른 사람을 부를 때 쓴다.
,	쉼표	같은 자격의 어구를 연결하거나 문장의 연결 관계를 나타낼 때 쓴다. 문장에서 끊어 읽을 부분임을 나타낼 때 쓴다.
·	가운뎃점	둘 이상의 어구를 하나로 묶어서 나타낼 때 쓴다.
:	쌍점표	표제나 주제에 대하여 구체적인 사례나 설명을 붙일 때 쓴다. 시와 분장과 절 등을 구별할 때 쓴다.
/	빗금	대비되는 둘 이상의 어구를 묶어서 나타낼 때 쓴다.
" "	큰따옴표	대화를 표시하거나 직접 인용한 문장임을 나타낼 때 쓴다.
' '	작은따옴표	마음속으로 한 말이거나 인용문 속의 인용문임을 나타낼 때 쓴다.
( )	소괄호	주석이나 보충적인 내용을 덧붙일 때 쓴다. 항목의 순서나 종류를 나타낼 때 쓴다.
{ }	중괄호	같은 범주에 속하는 여러 요소들을 묶어서 보일 때 쓴다.
[ ]	대괄호	괄호 안에 또 괄호를 쓸 필요가 있을 때 바깥쪽의 괄호로 쓴다. 원문에 대한 설명이나 논평 등을 덧붙일 때 쓴다.
《 》	겹화살괄호	책의 제목이나 신문 이름 등을 나타낼 때 쓴다.
〈 〉	홑화살괄호	소제목, 예술 작품의 제목, 상호, 법률 등을 나타낼 때 쓴다.
『 』	겹낫표	책의 제목이나 신문 이름 등을 나타낼 때 쓴다.
「 」	홑낫표	소제목, 예술 작품의 제목, 상호, 법률 등을 나타낼 때 쓴다.

	이름	용법
─	줄표	제목 다음에 표시하는 부제를 나타낼 때 쓴다. 문장 중간에 끼어든 어구를 나타낼 때 쓴다.
-	붙임표	차례대로 이어지거나 밀접한 관련이 있는 어구를 묶어서 나타낼 때 쓴다.
~	물결표	기간이나 거리 또는 범위를 나타낼 때 쓴다.
˙	드러냄표	문장 내용 중에서 특정한 부분을 특별히 드러내 보일 때 쓴다
＿	밑줄	문장 내용 중에서 특정한 부분을 특별히 드러내 보일 때 쓴다.
○, ×	숨김표	금기어나 비속어 또는 비밀임을 나타낼 때 쓴다.
□	빠짐표	글자가 들어갈 자리임을 나타낼 때 쓴다.
……	줄임표	할 말을 줄이거나 말이 없음을 나타낼 때 쓴다.

문장 부호란?

문장 부호는 문장의 구조를 드러내거나 문장의 뜻을 효과적으로 표현하여 읽는 사람에게 글쓴이의 의도를 효과적으로 전달하기 위하여 사용하는 부호이다. 흔히 쓰는 문장 부호로는 마침표(.), 물음표(?), 느낌표(!), 쉼표(,), 가운뎃점(·), 쌍점(:), 빗금(/), 큰따옴표(" "), 작은따옴표(' '), 소괄호(( )), 중괄호({ }), 대괄호([ ]), 줄임표(……), 겹낫표(『 』), 겹화살표(《 》) 등이 있다.

문장 부호는 문장의 뜻을 정확하게 전달하기 위해 사용하는 것이므로 상황과 의미를 잘 파악해서 쓰는 것이 매우 중요하다. 예를 들어 '키가 큰 친구의 형'에서 키가 큰 사람은 '친구'일 수도 있고 '친구의 형'일 수도 있다. 이 표현을 '키가 큰, 친구의 형'과 같이 쓰면 '친구의 형'이 키가 큰 사람이라는 점을 분명하게 드러낼 수 있다. 그리고 '물이 참 맑다'에 비해 '물이 참 맑다!'는 화자의 주관적인 느낌이 더 강하게 전달된다. 이처럼 문장 부호는 글의 구조를 분명하게 드러내거나 글쓴이의 의도를 전달하는 데 보조적으로 사용되는 수단이다. 따라서 글의 의미를 효율적으로 전달하기 위해서는 문장 부호를 적절하게 사용할 필요가 있다.

최근에는 일반적인 문서에서 세로쓰기를 거의 하지 않기 때문에 개정된 문장 부호 규정은 가로쓰기에 쓰는 부호만 다룬다. 그러나 세로쓰기 부호인 '홑낫표'와 '겹낫표'는 가로쓰기에서 사용할 수 있는 것으로 용법을 수정하여 새 규정에 포함되었다.

개정된 문장 부호 규정은 현실적인 쓰임에 맞도록 허용 규칙을 대폭 확대하였다. 하지만 종전 규정대로 문장 부호를 사용하더라도 틀리는 일이 없도록 함으로써 개정에 따른 사용자의 혼란을 최소화하였다.

06 우리 생활과 SNS글쓰기

1. 디지털 시대와 글쓰기

> 나는 휴대폰으로 글을 쓴다.
> 건너편 학생은 네이버를 검색한다.
> 구석의 연인은 셀카를 찍으며 페이스북을 오간다. 우리는 각자 인생을 살다가 우연히 스타벅스에 들어왔다. 그러나 늘 연결되어 있다. 때로는 읽고, 때로는 쓰고, 때로는 전파하며 함께 살고 있다. 웹에 접속하면서 우리는 거대한 유기체의 일부로 산다.
> - 전병국, 「검색되는 글쓰기의 법칙」 중에서 -

우리는 모두가 작가인 시대를 살고 있다. 휴대폰이나 노트북만 가지고 있다면 누구나 어디서든 글을 쓸 수 있다. 간단한 전자기기만 있다면 누구나 정보의 전달자, 정보의 유통자가 될 수 있다. 이전 시대에는 주로 작가만 글을 쓰는 일을 담당했다. 작가는 전통매체인 인쇄매체를 통해 책을 만들었다. 작가와 독자는 원활하게 소통하기가 어려웠고, 그들 사이에는 커다란 간격이 존재했다.

SNS의 글쓰기는 생산자가 일회성의 생산에 그치는 것이 아니라 순환적인 생산도 이뤄지고 수용자 또한 수용자이면서 정보 생산자의 역할을 한다. 이러한 부분은 SNS가 필자와 독자가 독립적으로 존재하는 기존의 글쓰기와는 달리 상호 관계를 맺으면서 상호작용하는 구조를 지니고 있다.

전통 시대에서 글을 쓰는 일은 온전히 작가의 몫이라고 생각했다. 오직 작가만이 글을 쓰는 것이라 인식했다. 지금의 디지털 환경에서의 작가의 역할과는 너무나 다른 양상을 가지고 있다. 지금은 모두가 글을 쓰고, 편집, 홍보와 마케팅까지 원스톱으로 진행할 수 있다. 우리도 온라인에서 글을 쓰고, 편집과 수정을 거쳐서 공유하기 등으로 진행할 수 있다. 디지털 시대에 글쓰기 작업에는 그 어떤 경계가 없다. 글쓰기가 디지털 환경에서 하나의 고정된 형태로 나타나지는 않는다. 쓰고, 발견하고, 반응하고, 확산하는 모든 과정이 서로 연계되어 있다.

쓰기와 읽기 사이의 경계가 무너진 것은 디지털 시대에 들어서 일어났다. 저자와 독자의 역할 분담이 사실상 붕괴되었다. 독자는 댓글이나 이메일을 통해서 실시간으로 의견을 제시할 수 있고 수동적인 위치에서 능동적인 존재로 그 역할이 확대되었다. 이제 독자의 힘은 강력해졌다. 또한 독자들의 입맛에 맞추기 위한 목적으로만 생산된 글도 있다.

디지털 시대의 글쓰기는 기호, 문자, 사진, 영상 등을 복합적으로 사용하는 혼성교차 글쓰기를 말한다. 기존의 평면 활자 매체에서 중시되던 장르 간 경계를 해체함으로써 장르를 넘나드는 입체적인 글쓰기를 지향한다. 디지털 글쓰기의 또 다른 특성은 장르 변화가 자유롭다는 것이다. 시는 소설로, 소설은 시로, 다시 게임으로의 전환을 통해 새로운 형태의 글쓰기를 추구한다. 디지털 시대의 글쓰기는 열린 텍스트의 개념이기 때문에 참여자들은 공동 참여 방식을 통해 자신들의 의사를 적극적으로 전달하며 그에 대한 반응에 민감하게 대응한다. 또한 문자 외에 오디오와 영상 등을 첨가함으로써 본격적인 하이퍼텍스트 글쓰기가 이루어질 수 있다.

형식의 변화는 독자들이 콘텐츠를 소비하는 방식과 밀접한 관련이 있다. 당분간 식지 않을 듯한 숏폼의 유행으로 짧고 간결한 글쓰기는 더욱 중요해질 것으로 보인다. 짧은 글을 통한 메시지 전달로 SNS 글의 성격도 서술과 시의 중간쯤에서 고유한 성격을 드러낸다. 바쁜 현대인들이 짧은 시간 안에 정보를 소유하고자 하는 욕구를 반영한 결과이기도 하다. 또한 단순한 텍스트가 아닌 이미지, 영상과 결합한 형태로 발전하면서 감각적인 향유가 가능해졌는데 AI의 기술적인 발전이 이를 가속화하고 있다.

디지털에서는 글을 작성하는 일만으로는 그 역할이 끝나는 것이 아니다. SNS에서 글을 쓸 때 가장 염두에 두어야 할 점은 발견(Search)되고 읽히고(Read) 공유(Share)되도록 하는 것이다. 글쓰기는 빠른 기술 발전 속에서 진화하며 그 안에서 존재하고 의미를 찾는 데 초점을 맞추고 있었다. AI와 자동화 도구의 발전, 온라인 출판 플랫폼의 성장으로 글쓰기는 인터랙티브하고 멀티미디어가 통합된 스타일 등 더욱 다양하고 풍부한 형태를 보일 것으로 전망된다. 그러나 고유의 독창성을 유지하며 독자와 소통하는 본질적인 글쓰기 또한 꾸준히 중요한 가치를 지닐 것으로 보인다.

글쓰기 기회의 장은 더 쉽고 커졌으며 글쓰기로 깊은 연결이 가능한 시스템이 단단하게 구축되고 있다. AI 공존의 시대, 인간 고유의 창의성과 조력자 AI의 만남은 새로운 가능성과 미래를 열 수 있다. 따라서 글쓰기는 미래에도 여전한 인간 고유의 핵심 가치임을 잊지 말아야 한다.

2. SNS 글쓰기에서 독자들의 반응을 끌어내는 법

내가 SNS에 쓴 글은 이미 우리나라 안에서는 물론, 전 세계 수많은 불특정 다수에게 실시간에 가깝게 확산될 수도 있다는 사실이다. 내친구만 본다고 생각하지만 팔로우까지 생각하고 공유되어서 퍼지는 것을 생각하면 의도대로 되지 않을 수 있다. SNS에 올리는 버튼을 누르는 순간에 이미 출판이 되는 것과 같다.
 - 윤영돈, 「SNS 글쓰기의 원칙 7가지」 중에서 -

인터넷 미디어 가운데 SNS는 다양한 연령층이 사용하고 있을 뿐만 아니라 신세대의 핵심적인 소통 매체로 자리 잡고 있다. 또한 SNS는 개인의 사소한 정보에서부터 사회적인 이슈에 대한 의견이나 생각을 수시로 전파하고 공유하는데 적지 않은 기여를 한다.

SNS 글쓰기에서 독자들에게 많은 호응을 얻기 위해서는 여러 가지를 고민해야 한다. SNS라는 매체가 가진 특성을 잘 이해해야 한다. 인터넷과 디지털 환경은 글쓰기의 단순한 도구라고 볼 것이 아니라 글쓰기의 목적, 글쓰기 목표, 필자의 위치 등 확연한 변화를 가져왔다.

1) 장점이 나타나야 한다

우리가 쓴 글을 독자가 읽고 의미를 가질 수 있어야 한다. 상품 홍보, 감정 전달 등의 목적으로 온라인에서는 제품이나 서비스를 설명할 수 있다. 이러한 요소들이 독자들의 삶에 무슨 변화가 일어나며 어떻게 그것이 가능해지는지 설명할 수 있어야 한다. 글을 읽는 사람의 마음을 움직일 수 있어야 한다. '이러한 것이 00의 장점이다, 이것을 사용해보니 00더라.' 등의 구체적인 이유가 반드시 설명되어야 한다. 온라인이라는 공간에서도 독자들은 시간을 무의미하게 보내지 않는다. 충분한 상품에 대한 이해나 분석을 기반으로 해야 한다. 가끔은 자신이 사용하지도 않은 상품을 홍보하다가 곤란을 겪는 경우가 있다. 항상 장점을 부각할 수 있도록 철저히 준비를 해야한다.

2) 독자를 분석해야 한다

지금의 현실에서 우리는 수없이 많은 상품과 서비스들을 경험하게 된다. 누구나 우리의 포스팅의 독자가 되지 않는다. SNS는 파급력도 크지만 다수가 모두 관심을 갖는 것은 아니다. 어떤 목적에 맞는 소수의 사람들만이 그 카테고리에 관심을 갖기도 한다. '나의 글을 읽는 사람은 누구인가?'를 꼭 염두에 두어야 한다. 그래야 효과적인 전달법과 표현방식이 생각난다. '지피지기면 백전백승'이라는 말이 있듯이 독자의 특성을 철저하게 파악하면 글쓴이의 목적을 쉽게 이룰 수 있다. 목적이 드러나는 카테고리를 정확히 파악하고 이에 속한 사람들을 철저히 조사하고 분석하여 그들을 위한 글을 작성해야 한다.

3) 목적이 뚜렷해야 한다.

우리가 쓴 글을 읽고 독자가 어떤 움직임이 있어야 한다. 글을 쓰는 우리도 원하는 바를 얻을 수 있어야 하고 독자도 그들이 원하는 것을 획득하는 뚜렷한 목적이 있어야 한다. 무릇 목적없이 떠나는 여행이 되어서는 안 된다. 글을 쓰기에 앞서 우리가 구체적으로 원하는 결과는 무엇인지 생각해야 한다. 목적이 분명하면 글의 방향도 정확해질 것이고, 메시지도 더욱 간결해질 것이다.

3. SNS 글쓰기의 기본 원칙

1) 공감을 줄 수 있는 SNS 글쓰기 방법

① 자신의 태도나 상황을 오해받을 수 있는 포스팅은 절대로 SNS에 쓰지 말아야 한다. '내 생각인데 무슨 상관이야'라면서 쉽게 생각하면 부정적인 평판을 얻기 쉽다. SNS에서는 글을 절제해야 하고 정확하지 않은 정보를 공유하는 일이 없어야 피해를 입지 않는다. SNS에서 글은 개인적인 내용이라도 모두가 공유해 확산할 수 있기 때문에 조심해야 한다. 편향된 종교, 편견, 욕설 등으로 분란을 일으키는 것은 금물이다.

특히 직장 생활에 대한 불평, 상사에 대한 험담, 기업 비밀 등이 모르는 사람들에게 공유되어 관계자에게 전달될 수 있다. 비록 포스팅을 친구공개로 했다고 하더라도 친구에 의해서 쉽게 전달될 수 있기 때문이다. 채용회사가 SNS, 인터넷 홈페이지 등을 통해 지원자의 평판을 조회하는 경우도 증가하고 있다. 평판조회(Reference Check)가 과거에는 지원자의 학력이나 경력을 조회, 검증하는 것에 한정되었으나 현재는 지원자의 자질, 적성, 업무 능력, 신뢰성, 경력이나 성과, 대인관계, 이직 사유, 리더십까지 포괄하는 개념으로 이해되고 있다. 결국 글을 읽어보면 그 사람이 어떤 생각을 하고 있는 지 드러난다. 좋은 평판을 얻기 위해서는 함부로 오해받을 글과 사진을 SNS에 올리지 않는 것이 좋다.

자신도 모르게 자신의 개인정보가 노출될 수도 있다. 아무 생각 없이 택배 선물을 찍어서 포스팅했는데, 주소부터 보낸 사람까지 모두 공개되는 경우도 있다. 타인의 포스팅을 자주 보다 보면 남들의 모습과 자신을 비교하여 상실감을 갖게 된다. SNS에 남겨진 흔적은 꾸준히 자신을 따라다닐 수 있다. 특히 좋지 않은 일에 연관되었을 때, SNS의 정지나 폐쇄를 하는 경우를 흔히 볼 수 있다.

② SNS를 통해 비리나 부정을 고발할 목적이 아니라면 어떠한 형태의 비난이라도 삼가야한다. 감정적 상태에서 SNS에 포스팅을 하는 것은 좋지 않다. 올바른 판단이 되지 않기 때문에 문제가 될 수 있다. 특히 음주를 하거나 충동적인 기분으로 사진이나 동영상을 올려서는 안 된다. 비록 진실이라 할지라도 내가 소속되어 있는 조직과 관련된 회사, 고객들을 비난하거나 지적해서는 안 된다. 자칫 자신의 글이 오인되어 타인의 명예와 자신의 조직에 피해를 줄 수 있다. 근거가 있더라도 SNS를 통해서 남을 비난하는 것은 명예훼손 등으로 법적 조치를 받을 수 있다. 심지어 사실이 아닌 경우에는 단지 공유했다는 것만으로 법적 책임을 질 수 있다. 내가 SNS에 쓴 글은 이미 우리나라 안에서는 물론, 전 세계 수많은 불특정 다수에게 실시간으로 확산될 수도 있다는 것을 명심해야 한다. 내 팔로우만 볼 수 있다고 생각하는 순간 포스팅은 이미 공유되어 퍼지는 것이다. 나의 의도와는 달라질 수 있다. SNS에 올리는 버튼을 누르는 순간 이미 출판이 되는 것과 같은 원리이다.

③ SNS의 매체 특성에 맞게 글쓰기를 하는 것이 좋다. 인스타그램, 페이스북, 밴드, 틱톡, 트위터 등 SNS의 매체 특성을 알아야 글을 잘 쓸 수 있다. 인스타그램에서는 이미지 위주로 글을 간략하게 적어야 한다. 인스타그램의 중심 콘셉트는 사진 및 동영상 기반의 SNS이다. 20대와 여성의 절대적 지지를 받고 있는 인스타그램에서는 '콘텐츠가 곧 이미지'다. 인스타그램에서 글을 쓸 때는 텍스트보다 이미지에 시간을 더 투자해서 예쁜 '인스타그래머블'한 이미지를 만들어야 한다. '인스

타그래머블 (Instagrammble)'이란 신조어로 인스타그램에 올리기 좋은 이미지를 뜻한다. 외식업계에서는 SNS에 포스팅할 만한 트렌디한 시각적 요소가 없으면 사람들이 오지 않아서 폐업한다고 말한다.

인스타그램의 사용자 타깃은 스마트폰 사용에 익숙하고 적극적으로 활용하는 10~20대이며 그중에서도 특히 자신의 일상의 다양한 모습을 사진으로 공유하고 싶어 하는 사용자이다. 인스타그램은 광고를 게재하지 않는다. 기업이 인스타그램의 계정을 만들 수는 있지만 기업 계정이라고 해서 다른 사용자와 다른 특별한 기능을 제공하지는 않는다. 따라서 사용자들은 광고에 노출되지 않고 오로지 사용자와 사용자의 친구의 게시물에만 집중할 수 있다.

또한 인스타그램은 친구를 맺는 데 있어서 팔로우(follow) 시스템을 사용함으로써 인맥을 쉽게 맺고 끊을 수 있다. 트위터처럼 사용자가 다른 사용자를 팔로우하면 그 사람들의 콘텐츠를 사용자가 볼 수 있다. 그러나 다른 사용자가 사용자를 팔로우하지 않으면 다른 사용자의 콘텐츠는 보이지 않는다. 인스타그램은 사진과 동영상을 쉽게 편집할 수 있으며 다양한 필터 기능을 제공하여 사용자가 사진이나 동영상을 업로드할 때 더 아름답게 꾸밀 수 있도록 하였다.

반면 페이스북은 텍스트 위주라도 누가 쓰느냐에 따라서 읽게 된다. 페이스북의 콘텐츠는 텍스트가 먼저 나오기 때문에 텍스트 위주로 공유될 수밖에 없다. 페이스북은 많은 친구를 맺고 재미있거나 관심사가 비슷한 사람끼리 콘텐츠를 공유해서 파급력이 좋다. 페이스북은 전 세계에서 가장 많이 사용하는 소셜미디어로 연령대가 다양하다.

지인을 바탕으로 서로의 개인 정보와 글, 동영상을 교류하는 온라인 인맥서비스로 이메일이나, 핸드폰 번호를 이용하여 지인들을 찾아 연결해주고 뉴스와 쇼핑 등 다양한 서비스를 결합하여 많은 이용자에게 편리함과 동시에 흥미를 불러일으키고 있다. 친구들이 프로필을 업데이트하면 자동으로 알림이 뜨고 직장, 학교, 친구 등과 같은 특성으로 분류할 수 있다. 페이스북은 활동 사용자들은 "페이스북이 있기 전에는 어떻게 우리가 전 연인의 근황을 알아보고, 우리 동료의 생일을 기억하고, 친구를 놀렸을까?"라고 언급했다. 그만큼 페이스북은 다양한 방법으로 사회적인 삶과 사람들의 활동에 영향을 미치고 있다. 최근 나온 기능인 '텍스트 배경색' 기능도 130자 이내일 때 쓸 수 있어서 트위터의 140자와 유사하다.

'트윗(tweet)'이란 말은 작은 새가 지저귀는 소리를 나타내는 영어로, 트위터는 개인 간의 사사로운 이야기들을 나누는 SNS의 기본 정의를 정립하는 지표가 되었다. 오랫동안 사용한 사용자가 많은 만큼 이슈의 근원지가 되었다. 팔로우 시스템, 리트윗 시스템 등을 통해 원하는 사용자의 트윗을 공유함으로써 언론보다 빠른 확산력을 자랑하고, 트윗당 글자가 140자로 제한되어 원하는 메시지를 함축하기 위한 재치를 발휘할 수 있다. 해외에서는 그 영향력이 막강하지만, 국내에서는 초창기에 비해 인기가 많이 시들해졌다.

밴드와 카카오스토리는 40~50대 이용률이 상대적으로 높다. 밴드는 모임 성격이 강해서 가족, 동호회, 동창회, 회사 등 멤버 구성원을 가입해서 멤버들끼리 서로 대화를 하거나 정보와 일상을 공유한다.

틱톡은 15초~10분 길이의 짧은 비디오 영상을 제작·공유할 수 있는 숏폼동영상 플랫폼이다. 정해진 음악을 베이스로 넣은 후 영상을 찍을 수 있으며, SNOW처럼 스티커 효과를 줄 수 있고, 촬영 후 다양한 이펙트 효과를 줄 수도 있다. 2016년 150개 국가 및 지역에서 75개의 언어로 서비스를 시작하였고, 한국에서는 2017년 11월부터 정식으로 서비스를 시작했다. 출시 이후, 비교적 짧은 시간안에 세계 최대의 영상 플랫폼

중 하나로 올라섰다. 짧은 길이의 영상을 추구하고 캡컷을 통해 비전문가도 직접 영상을 만들기에 용이해서 크리에이터들이 빠른 호흡의 숏폼 특성을 살린 콘텐츠를 이용해 새로운 영상 소비 문화를 만들었다는 평가를 받고 있다. 또한 글자에서 사진, 영상으로 이어지는 미디어 소비 트렌드가 틱톡의 성장 배경이 됐으며 '짧은 동영상'을 추구하는 MZ세대의 잠재 수요를 잘 파고들었다는 평가도 받고 있다.

틱톡은 '알고리즘'이 다르다. 틱톡의 원동력은 신기한 추천 엔진에 있다. 이 알고리즘은 사용자의 잠시 멈춤, 클릭, 화면 넘김, 영상 공유 행동을 분석해 즉각 성향을 파악하고 최적의 숏폼 영상들을 제공한다. 틱톡은 탁월한 알고리즘 성능 덕분에 글로벌 기준 매달 10억 명 이상의 활성 사용자를 보유한다.

④ SNS에서 구독자를 설정하여 글을 쓰는 것이 좋다. 페이스북에서 맺은 '페친(페이스북의 친구)'은 내가 선택한 사람들이다. 페이스북에 포스팅을 할 때 상대방이 누군지에 따라 내용이 달라지기 때문에 누구에게 이야기할지 설정해야 한다. 모든 사람에게 이야기하지 말고 타깃을 명확하게 정하고 포스팅해야 한다. 읽는 대상, 주제의 범위, 시간대 역시 고려해야 한다. 오히려 분명한 특성을 가진 사람들에게 유익한 정보가 있을 때 반응이 나오기 때문이다. 예를 들면 그냥 '세상의 모든 글쓰기'보다 'SNS 글쓰기'라고 한정하면 반응을 예상할 수 있다. 여기에 'SNS 글쓰기의 7가지 원칙'이라고 한정을 하면 독자에게 유의미한 반응을 이끌 수 있다

⑤ SNS에서 공유될 수 있는 참신하고 실용적인 정보를 다루어야 한다. SNS에서 공유가 잘 되는 콘텐츠의 특징은 재미있고, 유용하며 몰입

할 수 있는 내용이 있다. 실용적이고 구체적인 정보를 올려야 한다. 읽는 사람에게 광고로 느껴지지 않도록 정보 콘텐츠로 표현해야 한다. 관심 있는 분야에 큐레이션 콘텐츠도 좋다. 소셜미디어로 공유될 수 있는 콘텐츠는 기존에 널린 콘텐츠가 아니라 성격이 뚜렷한 콘텐츠가 적합하다. 주제와 관련된 전문성이 있어야 한다. 알찬 정보는 결국 독자가 알아본다. 양질의 콘텐츠는 공유를 유도한다. 그리고 공유를 불러오는 한마디를 덧붙이는 것이 좋다. 예를 들면 "공감하시면 꼭 '좋아요'를 눌러주세요"라고 공감을 일으키는 한마디를 하면 독자는 적극적으로 움직인다.

주위에 찾아보면 실용적이고 좋은 정보를 공유하는 사람들이 많다. 그 사람들이 어떻게 자신만의 콘텐츠를 공유하는지 주의깊에 관찰해야 한다. 대중매체에서도 볼 수 없는 전문가의 식견을 접하는 때가 있다. 콘텐츠 큐레이터가 늘어나고 있으니 그들과 교류하며 시선을 넓힐 수 있다.

⑥ SNS에서 자기 자랑에서 벗어나서 겸손하고 솔직하게 작성해야 한다. 온라인은 불특정 다수가 활동하는 공간이다. 나이와 지위에 상관없이 누구나 대화할 수 있고, 자신의 생각을 나타낼 수 있다. SNS에 포스팅할 때에 공감하기 어려운 유머는 사용하지 않는 것이 좋다. 특히 전문용어는 가급적 피하고, 쉬운 말로 쓰는 것이 좋다. SNS 커뮤니케이션의 특징은 발신자와 수신자가 수직적 관계가 아니다. 발신자와 수신자가 구별되지도 않는다. 모든 사람이 수신하고 발신할 수 있다. 일방향이 아니고 쌍방향으로 소통하는 곳이다. 겸손하고 솔직하게 써야 오랫동안 활동할 수 있다. 최근 언론 보도에서 화장을 하고 한껏 꾸민 모습으로 SNS에 올린 자신의 모습이 실제 자신의 모습과는 너무 다르고,

SNS에 보여주기식의 자신 꾸미기에 스트레스를 받아 실제 자신의 민얼굴을 공개한 외국인 사례가 보도되기도 하였다. 이처럼 SNS에 나타난 타인의 모습이나 이미지가 실제 모습과는 차이가 있을 수 있다는 것을 이미 많은 사람들이 알고 있기에, SNS를 통한 타인과의 비교가 실제 상황의 비교와는 거리감이 있을 수 있다는 생각에 SNS 이용에 제한적 영향을 미칠 수 있다.

⑦ SNS에 글을 올릴 때는 시의성 있는 주제를 선택해야 한다. 글을 쓸 때는 어떤 글이든 시의성을 생각해야 한다. 때에 맞는 글이 유용하다. 시의성 있는 콘텐츠를 찾기 위해서는 유행이나 검색어 등을 살펴보는 것도 좋다. 글을 쓸 때 단지 시의성만 추구하기보다는 자신의 위치나 입장을 분명하게 생각하고 주제를 선택해야 한다. 비록 자신이 쓴 글이라도 속한 단체나 회사 입장으로 확장하여 해석할 수 있기 때문이다. 자신의 포스팅이 누군가의 타임라인에 떴을 때는 이미 공유될 수 있다는 것이다. SNS에서 포스팅의 방식에 따라 기회가 될 수 있지만 위기가 찾아올 수도 있다.

온라인 글쓰기가 가진 최고의 장점이자 다른 글쓰기와의 차이점이 두 가지가 있다. 첫째, 시의성 둘째, 소통성이다. 온라인 글쓰기는 전통적인 방식의 글쓰기와는 달리 비교적 짧은 글을 자신의 sns 등에 통해 게시된다. 그렇기에 대부분의 글들은 당시의 감정, 시대상, 이슈 등을 즉각적으로 반영한다. 즉 생생한 글쓰기인 셈이다. 하루만 지나도, 어제의 글은 과거의 글이다. 오늘의 글보다 즉각성이 떨어진다. 이 장점을 살리기 위해서는 매일 글을 쓰는 것이 좋다. 게다가 온라인 글쓰기의 대부분은 댓글이 달린다.

블로그, 인스타, 페이스북, 브런치 모두 다 그렇다. 댓글을 활용해 적극적으로 소통해야 한다. 소통을 이어주는 것이 댓글이다. 글을 쓰는 것만큼 댓글에도 관심을 기울여 적극적으로 소통해야 한다. 좋은 기회가 올 수 있다.

2) SNS에서 효과적인 의사소통과 댓글 문화

의사소통을 하는 사람들은 모두가 효과적이면서도 효율적인 의사소통을 희망한다. 그러나 발신자의 의도와 다른 결과가 나타나는 경우도 많을 것이다.

효과적인 의사소통을 위해서는 발신자와 수신자 모두가 의사소통에 대한 관심과 노력이 요구된다. 요즘 접근의 용이함으로 많이 이용되고 있는 단체톡방의 모임에 관하여 생각해보자. 발신자는 전달 내용을 일목요연하게 정리하여 쉽고 간단하게 톡방에 게재하여야 한다. 한편 수신자는 확인 후 즉각 댓글을 달아주면 효과적인 의사소통을 할 수 있다. 소위 눈팅만 하고 아무런 반응이 없을 때는 의사소통이 이루어지지 않은 것으로 생각할 수 있다.

의사소통의 경로 중에서 이처럼 문서를 이용하는 것도 한계일 경우가 있다. 상황을 설명하기에 복잡하고, 지극히 개인적이고 감정적인 의사소통이 필요할 때, SNS로는 예의가 아닌 경우 등에는 문서가 아닌 구두 경로가 더 유효할 수 있다. 그러나 실제로 두 가지 경로로 의사소통을 하는 것이 쉽지는 않지만 상황에 따라서 알맞은 의사소통 경로를 적절히 활용하는 능력과 노력이 필요하다. 발신자의 생각을 문자 형태로 정확하게 표현하는 일이 결코 쉬운 것은 아니며, 구두로 의사를 표현하는 것도 어려운 일이다.

인지과학자 '아트 마크만' 교수에 의하면 사람은 어떤 정보들을 한

번에 듣고 다시 기억해낼 수 있는 적정 수준이 3개뿐이라고 한다. 많은 정보를 한꺼번에 습득해도 기억에 남는 것은 3개 밖에 없다는 것이다. 수신자들은 중요한 약속을 댓글에서 참석 여부도 밝히고 본인의 일정에도 반드시 메모를 해두어야 한다.

카민 갈로(Carmine Gallo)라는 사람에 의하면 의사소통으로 상대방을 설득하려면 감정적 요소 65%, 논리적 요소 35%로 구성하는 것이 가장 효과적이라고 한다. 의사를 전달하는 수단이 정보통신기술의 발달로 급격하게 변화하고 있다. 효과적이고 효율적인 의사소통은 일방향이 아니라 쌍방향이 되어야 한다. 수신자의 피드백이 의사소통에서 정확한 과정이다. SNS 형태의 의사소통 용이와 정확성, 신속함도 중요하지만 감정이 담겨 있는 구두 경로도 유용하고 효과적인 의사소통의 기술이다.

'댓글'(리플)도 일종의 '저널리즘' '미디어 문화'이다. '댓글'이란 '대답하다' '응수하다'를 뜻하는 영어 단어 '리플라이'(reply)를 한국어로 옮긴 것이다. '리플라이'를 줄여서 '리플'이라고 부르기도 한다. 형태상 한자어 접두사 '대(對)'+ '사이시옷(ㅅ)'+ '글'로 분해할 수 있습니다. 뜻대로 풀이하면 '대답하는 글' '상대하는 글' 또는 줄여서 '답글' 정도로 해석할 수 있다.

시대에 민감하게 반응하는 지금의 대중문화는 인터넷의 발달로 대중, 나아가 네티즌의 행동양식을 자양분 삼아 자라왔다고 해도 과언은 아니다. 이 과정에서 빼놓을 수 없는 키워드 중 하나가 바로 '댓글(리플)'이다. '댓글'은 사이버 공간을 통해 회원들 또는 불특정 다수의 사용자들 사이에 각종 정보를 주고받을 수 있는 인터넷 게시판이 활성화되면서 진화되어 왔다. 댓글은 인터넷 게시판 이용자들 사이에 주고받는 글쓰기 문화를 통틀어 일컫는 개념으로, 인터넷 문화의 하위 범주에 속한다.

그런데 '댓글'은 '넷심'(net 心)을 즉각적으로 확인할 수 있다는 점에서 현대 저널리즘의 새로운 영역으로 볼 수 있다. 더구나 사이버 공간이 빠른 속도로 현실 세계에까지 영향을 미치고 있어, '댓글'(리플)은 상당한 힘을 가진다. 사안에 따라서는 한 가지 주제를 놓고 워낙 많은 댓글이 붙게 된다. 이런 현상과 관련하여 "댓글 저널리즘"이라는 신조어까지 있다. 네티즌의 글이 게시판에 오르고, 이에 다른 네티즌이 '댓글'로 반응하고 글 내용의 옥석이 가려지면서 여론화되는 현상, 이를 "댓글 저널리즘"이라 한다. 이것의 파급력과 파괴력은 기존 언론을 능가할 정도이다. 바로 이런 네티즌의 글과 댓글로 인해 하룻밤 사이 여론이 천국과 지옥으로 뒤바뀌기도 한다.

인터넷 게시판의 등장은 사회현실에 대해 비판할 공간이 없던 많은 사람들에게 자신의 의견이나 주장을 마음껏 펼 수 있는 공간을 제공해 주었다는 점에서 긍정적인 측면이 있다. 그러나 게시판 이용자들이 늘어나면서 게시판이 마치 자신의 불만을 토로하거나 악의적으로 남을 공격하는 공간으로 여기는 사람들도 늘어나기 시작했다. 인터넷 게시판의 익명성을 악용해, 상습적으로 남을 헐뜯거나 비하하고, 허위사실과 가짜뉴스를 퍼뜨리는 이러한 댓글문화를 가리켜 일명 '악플문화'로 부른다. '악플'은 '악성 리플'의 줄임말이다. 댓글문화에는 긍정적인 측면과 부정적인 측면이 모두 존재하며, 자유로운 토론의 장이 될 수 있는가 하면, 비판을 위한 비판, 비난을 위한 비판의 장이 될 수도 있는 것이 댓글문화가 가지고 있는 두 얼굴이며 이중성이다.

소위 '악플러'로 불리는 사람들은 본래가 악한 사람들이라기보다 단지, 자신의 감정을 쏟을 창구를 인터넷 게시판에서 찾은 것이다. 발전을 위한 '댓글'문화가 새로워져야한다. 사실 '댓글' 중에는 격려와 위로와 용기를 주는 네티즌들의 '정(情)문화'가 더 많다. 좋은 것이다. 충고도 좋은 것이다. 그것에는 '관심과 사랑'이라도 코드가 숨겨져 있는 것이다. 올바른 댓글문화를 통해 바른 집단지성의 모습을 보여줄 때이다.

4. 유튜버에 대한 이해

유튜버를 꿈꾸는 사람들이 정말 많습니다. 그런데 이들의 공통점은 하고 싶은 마음은 굴뚝같은데 정작 실행을 안 한다는 겁니다. 시도해 보고 자기 뜻대로 안되면 금방 포기해버리죠. 채널을 안정적으로 운영하려면 일주일에 3~4개의 영상은 올려야 합니다. 예전에는 유튜브가 블루오션이었지만 지금은 아닙니다. 유튜브의 수익 창출 기준이 상향 조정되어서 구독자는 1000명, 전체 시청시간은 4000시간을 넘겨야 합니다. 그래서 유튜브를 시작하고 3~6개월 내에 수익을 내는 게 더욱 힘들어졌습니다. 자기 직장을 다 버리고 유튜브에 올인하는 것은 금전적 여유가 없으면 불가능합니다. 또 일과 병행하는 것은 힘들 수밖에 없습니다. 어느 것이든 각오를 해야합니다.
- 김찬준, 『유튜버가 말하는 유튜버』, 부키, 2019, 21~25쪽. -

유튜버(YouTuber, YouTube content creator)는 동영상 공유 웹사이트 유튜브용으로 동영상을 제작하는 사람을 말한다. 플랫폼이나 유일한 활동 플랫폼이 유튜브채널(유튜브 동영상 공유 플랫폼의 개인화된 하위 페이지)인 개개인을 의미하는데, 구글 계정만 있으면 누구나, 모두 유튜버가 될 수 있으며 일정 수준에 도달하면, 광고나 PPL을 통해 수익을 얻을 수도 있다. 흔히 유튜버와 유튜브 크리에이터를 동일하게 생각하는 경우가 있는데 이 둘은 약간의 차이가 있다. 크리에이터는 유튜버의 일종이라고 볼 수 있는데, 유튜브에 영상을 업로드하는 모든 사람들을 유튜버라고 하고 본인이 만든 콘텐츠를 업로드 하는 사람을 유튜브 크리에이터라고 한다. "유튜버"라는 용어는 2006년에 기원하였다. 최초의 유튜버는 '자베드 카림'으로, 2005년 4월 23일 PDT(2005년 4월 24일 UTC) 유튜브 채널 jawed를 만들었다.

1인 미디어 크리에이터는 개인이 다양한 콘텐츠를 직접 생산하고 공유할 수 있는 소통 플랫폼(채널)을 의미하는 1인 미디어와, 무언가를 새롭게 만들어 내는 사람을 의미하는 크리에이터의 결합어이다. 이들은 플랫폼이나 영상 제작·전송 방식에 따라 유튜버, 스트리머, BJ, 등의 용어로 명명되고 있으며, 최근에는 한국직업사전과 표준직업분류(7차)에서 미디어콘텐츠 창작자라는 용어로 공식화되었다.

유튜브는 대표적인 1인 방송 플랫폼인 만큼 자신의 세계관을 표현할 수 있는 철저한 개인주의 수단이다. 아울러 시청자가 있어야 존재할 수 있는 소통 수단이기도 하다. 자신의 중심을 단단히 세우고 정체성과 스타일을 채널에 담되, 나에게 공감해주는 사람들의 의견에 항상 귀를 기울일 수 있는 유연한 자세가 필요하다. 기업들의 유투버 변신도 주목을 받고 있다. 특히 유통기업의 경우 자체 유튜브 방송국을 운영하는 등 적극적인 유튜브 마케팅에 돌입한 상태다. 공중파나 일반 매체의 광고보다 유튜브를 활용한 고객접점 마케팅에 힘을 쏟고 있다는 분석이다.

인터넷 개인방송 콘텐츠로 구글사의 '유튜브'가 대표적인 1인 미디어 플랫폼이다. 유튜브는 그 특성에 따라 순기능과 역기능으로 구분할 수 있다. 유튜브의 순기능은 다른 매체보다 신속하고 다양하다는 점이지만 역기능은 유튜브의 내용에 여과 장치가 없어 거짓 정보도 빠르게 확산될 수 있다.

유튜브의 순기능과 역기능

유튜브의 순기능	유튜브의 역기능
전문 매체보다 훨씬 더 신속하고 다양함. 다른 사람의 삶을 통한 간접 경험을 할 수 있으며, 일반인 뿐만 아니라 전문가들의 조언이 무료로 제공되는 학습 효과를 가져옴.	유튜브는 누구나 영상을 업로드 할 수 있어 정보 여과 장치가 없음. 확인되지 않은 내용과 거짓 정보를 올려도 검증 없이 빠르게 확산될 수 있고, 내용에 맞지 않는 제목을 달고 조회수를 늘리는 경우가 많음.

2016년 스탠퍼드대 연구팀은 미국 12개주 중·고등학생과 대학생 7,804명을 대상으로 '학생들이 정보의 신뢰성을 어떻게 평가하는지'에 대해 실험한 결과, 10대 청소년 대부분이 소셜 네트워크 서비스(SNS)에 유통되는 거짓 정보와 가짜뉴스를 그대로 믿는 것으로 확인되었다. 연구 결과, 청소년들은 작성자가 누구든 간에 사진의 크기가 크고 설명이 길고, 자세할수록 진실로 받아들였다고 한다. 또한 "청소년들은 기사 형식을 흉내 낸 광고에 대해서도 정보의 진위를 의심하지 않았다"고 밝혔다. 특히 유튜브는 청소년이 주로 사용하고 있어 가짜뉴스가 청소년에게 미치는 파급력이 클 것으로 예상하고 있다.

국내 애플리케이션 분석기관인 와이즈앱은 2018년 기준 14~25세에 해당하는 사람들은 어린 시절부터 일상생활 전반에서 디지털 기기를 사용해 온 세대로 이전 세대와는 다른 미디어 이용 행태를 보이고 있다고 한다. 특히, 다른 세대보다 압도적인 유튜브 이용률을 보이며 그 안에서 체류하고 필요한 정보를 찾고, 자신을 적극적으로 노출시킨다고 한다. 이는 단순히 미디어 수용자에 그치는 것이 아니라 생산자가 되고 다른 사람들과 소통하고 적극적으로 공유하는 세대라는 것을 나타내준다. 이처럼 우리의 삶과 밀접한 유튜브의 특성을 잘 파악하고 유튜브에서 제공되는 정보를 비판적으로 생각하는 습관을 가져야 한다.

1인 미디어의 사용에 있어 다양한 문제가 발생할 수 있다. 개인이 다양한 콘텐츠를 직접 생산하고 공유할 수 있는 커뮤니케이션 플랫폼이 장점이자 단점으로 작용할 수 있다. 1인 미디어를 통해 전달되는 정보 속에서 가치있는 정보를 가려내고, 자기 것으로 취하는 능력은 현대사회를 살아가는 우리에게 꼭 필요한 능력이다.

　유튜버는 '자영업자'다. 자신의 사업을 경영하는 것이다. 자유로운 만큼 자기 통제력이 필요하다. 일이 잘 풀리지 않을 때의 책임과 고통을 남에게 떠넘길 수 없다. 온전히 자신의 몫이다. 유튜버로서 일정한 생활 리듬과 체계가 없다면 성공하기 힘들고, 성공하더라도 오래가기 힘들다. 그러므로 철저하게 사업체를 운영한다는 태도가 필요하다. 하지만 자신을 통제하는 사람이 직장 상사나 회사 규율이 아닌 자신이라는 점에서 매력을 찾을 수 있다. 유튜버는 육체적인 소모가 많다. 4~5시간씩 라이브 방송을 하고, 편집작업에 많은 시간을 사용해야 한다. 강도 높은 집중력과 인내를 요구하는 일이다.

　수익구조 중 하나는 영상콘텐츠에 기업 광고를 노출하면서 받는 수익이 있다. 하지만 자신의 콘텐츠에 광고를 삽입하려면 최소 1000명이상의 구독자가 있어야 한다. 또한 1년 평균 동영상 시청시간이 4000시간 이상이어야 한다. 이 조건이 만족 될 경우 유튜브 내 '크리에이터 스튜디오'에서 신청이 가능하며 승인까지는 최소 3주에서 최대 6개월이 소요된다. 승인된 이후에는 광고를 시청하는 시간과 조회 수에 따라 수익이 창출된다.

　또한 협찬광고(PPL)을 통해서도 수익이 발생된다. 콘텐츠 내용과 관련된 제품이나 기업이 협찬 광고를 제안하며 금액 계약을 체결해 수익을 창출한다. 결과적으로 보다 많은 구독자, 보다 많은 시청률을 가진 유튜버는 더 큰 수입을 얻을 수 있다. 이밖에도 유튜버의 실시간 방송기

능과 커뮤니티 기능을 통해서도 수익이 발생된다. 실시간 시청자가 방송을 보며 '슈퍼챗'을 구매해 유튜버에게 전달할 수 있다. 슈퍼챗은 최소 1,000원부터 최대 50만원까지 구매할 수 있으며 슈퍼챗 구매자의 메시지가 다른 메시지보다 눈에 띄게 표시되며 구매 금액이 높을수록 채팅 메시지가 오래 머무른다.

큰 어려움 없이 주목을 받으면서 시작하는 유튜버도 있지만 대부분은 오랫동안 무명 시기를 겪는다. 또한 시작은 순탄했어도 성장하지 못하고 도태되는 경우도 많다. 홀로 모든 것을 만들고 책임져야 하는 1인 크리에이터의 길은 더욱 험난하다. 하지만 그 어려움 끝에는 분명히 큰 보람과 성취가 기다리고 있다.

이처럼 유튜브의 전 세계적인 파급효과는 '갓튜브'라는 말이 나올 정도로 상상을 초월할 정도다. 유튜브의 접속자수는 매월 19억명으로 1위인 페이스북(22억명)을 빠르게 추격하고 있다. 초등학생들의 장래 희망 1위가 유튜버가 된 것도 이와 같은 이유다. 유튜브의 성공은 사용자들이 직접 만드는 가공되지 않은 순수한 창작물에 사람들이 공감하며 일상 생활속 리얼리티로 함께 교감할 수 있어서라는 분석이다. 또한 콘텐츠 제작자에서 수익을 일정부분 배분하면서 취미활동이나 일상의 모습들이 비즈니스 모델로 확장되는 점도 크다.

반면 완전치 않은 필터링 시스템으로 확인되지 않는 잘못된 정보가 제공되거나 지나치게 선정적, 폭력적, 정치편향적 콘텐츠들이 증가하는 것 또한 문제점으로 지적되고 있다. 따라서 이렇게 거대한 힘을 얻고 있는 유튜브라는 플랫폼과 그 속의 유튜버들에 대한 자정노력의 필요성도 대두되고 있다. 업계에서는 유튜버로 활동하는 지식인, 기업, 일반인들도 스스로 자신의 콘텐츠에 대한 책임 의식을 가져야 하며 이를 필터링 할 수 있는 제도적 장치도 더욱 보완되어야 한다는 지적이다.

학습활동

1 최근에 SNS에서 가장 흥미로운 콘텐츠를 발견한 적이 있었다면 무엇이었는가? 그 이유에 대해 설명해보자.

2 지금 우리사회에서 이슈가 되고 있는 사안에 대해 찾아보고, 온라인상의 댓글에 대해 찾아서 이야기해보자

07 협력 글쓰기

1. 협력 글쓰기의 필요성

'영국 끝에서 런던까지 가장 빨리가는 방법'에 대해 소개한 카툰을 읽은 적이 있다. 여러 이야기가 나오지만, 좋은 동반자와 함께 가는 것이 가장 좋은 방법이라고 이야기하고 있다. 협력 글쓰기 역시 좋은 동반자의 소중함과 필요성을 알려주는 부분이다. 지금의 현실은 다양한 정보가 넘쳐나고, 누구나 정보를 공유하고 운용할 수 있다. 그러나 방대한 정보를 개인이 혼자 소화하고 어떠한 일에 적용하기란 한계가 있다. 또한 학교생활이나 혹은 사회생활에서 가장 자주 사용하고, 필요한 부분이 협업이다. 협업(協業)이란 생산의 모든 과정을 여러 전문적인 부문으로 나누어 여러 사람이 분담하여 일을 완성하는 노동 형태라고 정의하고 있다. SNS시대를 맞이하여, 지금과 같은 언택트(Untact, 비대면)가 자주 사용되는 요즈음 더욱 요구되는 것이다.

여러분은 아침에 눈을 뜨면 제일 먼저 무엇을 하는가? 나는 '짱구'를 부른다. 짱구는 필자가 이름을 붙인 인공지능 가상비서(AI, Assitant)로, 매우 친근한 존재이다. 최근에는 가장 많이 부르는 이름이다. 인공지능(AI) 가상비서는 텍스트와 터치, 음성을 인식하여 스마트폰에서 정보를 검색하거나 응용프로그램을 구동해주는 프로그램이다. 현재 시간, 내일 날씨 확인, 알람 설정, 문자 보내기 등등 다양한 기능을 짱구를 통해서 편하게 알 수 있다. 주로 하루의 일과나 날씨를 묻고 듣고 싶은 음악을 틀어주도록 요청한다. 짱구는 매우 친절하게 날씨, 교통정보, 좌석버스 시간표, 신간 안내, 스케줄을 알려준다.

　오랫동안 외국에서 생활했던 지인이 외국의 아기들은 엄마, 아빠라는 말보다 아마존 인공지능 '알렉사(Alexa)'라는 말을 먼저 배운다고 이야기를 하는 것을 들은 적이 있다. 그만큼 생활환경이 많이 바뀌었다는 것이다. 아기들 역시 전자기기를 능숙하게 다루는 세상속에 살고 있다. 우리의 삶은 이전과는 매우 다르고 빠르게 변화한다. 이제는 다양한 방식으로 의사소통을 하며 우리는 스마트 기기로 보다 쉽고 편리하게 세상과 소통하게 된다.

　미디어 아트 작가 Nitzan Bartov의 작품 「Alex, Call my mom!」은 인공지능 스피커 알렉사를 이용한 논픽션 스토리로 '선댄스 뉴 프론티어 스토리랩 레지던시 2018'에 선정된 작품이다. 선댄스 뉴 프론티어 스토리랩은 게임, 음악을 비롯하여 새로운 플랫폼(크리에이티브 코딩, 로봇 등)을 이용하여 스토리를 창작하는 프로젝트로, 스토리의 확장 가능성을 보여준다. 작품의 내용은 어버이날 주인공이 최근에 세상을 떠난 어머니에게 연락을 하고 싶다는 내용으로 시작된다. 어머니가 살던 예전 집에 찾아가 Amazon의 Alex 새로운 '서비스'를 사용해보고자 한다. 그 서비스는 바로 죽은 사람들과 대화할 수 있는 콘텐츠이다. 'Alexa'를 통해 어머니는 모습을 나타내고, 주인공은 Alexa와 연결된 다양한 홈프로그램을 통해 어머니와 만나게 된다. 어머니와 다양한 IoT 서비스들과 인터렉션하며, 어머니의 스토리에 점점 몰두하게 된다. 이 과정에서 주인공은 점점 적극적으로 어머니의 비밀에 대해 탐구하게 된다.

가전제품을 통해 소통하면서 새로운 방식의 만남을 갖게 된다는 내용이다. 세상을 떠난 어머니와 디지털 기기를 통해서 연결되는 이야기는 상상 이상의 것으로 우리의 삶을 다시 생각해보게 되는 계기가 될 수 있다. 또한 디지털의 발달이 현실세계를 뛰어넘는 과거와 현재 미래까지도 연결할 수 있다는 사실이 매우 놀랍다.

이런 다양한 정보의 사회를 살다보면 우리는 과도한 정보를 생산하고 유통하는 역할을 하게 된다. 그리고 그 방대한 자료와 정보는 심지어 우리가 세상을 떠난 후에도 남겨질 가능성이 크다. 그래서 최근에는 사람들의 사후에 남은 디지털 자료를 삭제해주는 일이 필요하게 되었고, 이를 위해 심지어 디지털 장의사까지 등장했다.

얼마 전 페이스북을 검색하다 죽은 친구를 그리워하는 이의 댓글을 본 적이 있다. 고인이 미처 삭제하지 못한 포스팅은 남은 사람들로 하여금 추억을 떠올리게 하고, 그리운 마음을 전하는 통로가 되기도 한다. 그러나 사회적인 무리를 일으킨 정보들이 그대로 노출되어 남아 있는 경우는 삭제가 필요하다.

이 글을 읽는 독자들은 디지털원주민으로 예상된다. 디지털 원주민은 디지털 언어와 장비를 태어나면서부터 사용함으로써 디지털 습성과 사고를 지닌 세대로, 1980년대 개인용 컴퓨터, 1990년대 휴대전화·인터넷 확산에 따른 디지털혁명이 탄생시킨 신인류를 지칭한다. 마크 프렌스키라는 학자가 2001년 발표한 논문에서 처음 사용했다고 한다. 독자 여러분은 디지털 언어를 태어나면서 사용하여 능숙하게 사용하는 세대이다. 디지털 이주민인 필자와는 다르다. 글과 말이 실시간으로 소통되는 여러분은 의사소통에 매우 적극적이라고 할 수 있다. 다양한 정보와 미디어를 매우 익숙하게 다루고, 뛰어난 국제감각을 가지고 있다. 그러나 우리가 사용하는 정보와 기술은 매우 수명이 짧아서 일생을 두고 공부하는 시대를 살고 있다.

디지털 시대가 되어서 동영상, 그림, 사진으로 정보를 받아들이는 일이 많아져서 전통 방식의 글쓰기가 필요 없을 것으로 예상했지만 실제로 우리는 모든 의사소통을 여전히 글로 하고 있다. 엔데믹 시대를 살고있는 지금의 우리는 사람들과 글로 소통하고 있다. 폰메일, 이메일, 카톡, 블로그, 댓글, 인스타그램, 페이스북을 통해 아침부터 저녁까지 우리는 아무리 글을 쓰고 싶지 않아도 적어도 하루에 한 번 이상은 글쓰기를 한다. 그러나 과거에는 식자층(識者層, 학식과 견문이 있는 계층의 사람들)만 글을 쓰는 것으로 생각했지만 지금은 모두가 저자가 되는 시대이다. 이처럼 매일매일 우리는 글을 쓴다. 이렇게 글쓰기가 중요해졌다. 그중에서도 사회의 곳곳에서 반드시 필요한 협력 글쓰기를 꼭 익혀두어야 한다. 협력적 글쓰기 과정에서 학습자들은 단순히 개인적 경쟁보다는 서로 협력하는 것에 더 집중하여 글쓰기에 대한 책임감을 향상시키는데, 이는 집단 내 상호작용을 증가시키고 문제 해결 능력도 증진한다는 장점이 있다.

협력 글쓰기에 대한 단점의 인식은 먼저 협력하는 과정에서 서로의 의견이 다를 경우 조율하는 과정이 힘들다. 또한, 조율과정에서 상대의 의존도가 오히려 높아지거나 자신의 개인적인 의견이 부재할 수 있다는 불만 사항이 생길 수 있고, 시간이 더 오래 소요되는 문제에 대해 단점을 보완해야 한다.

협력 글쓰기에서 장점은 조원들과 협동하여 배분해서 글쓰기 활동을 하는 것이 혼자서 글을 쓰는 것보다 효율적이고 효과적인 결과를 가져올 수 있다. 하지만 초반에 서먹한 관계에서는 의견을 활발하게 내는 것이 어려울 수 있고, 대체로 짧은 시간 안에 활동을 마무리해야 하는 경우는 완성도에 아쉬움이 있을 수 있다. 단순한 학습이나 강의에서 배우는 것보다 협력 글쓰기를 통해 훨씬 효과적으로 습득할 수 있었던 것 같다. 그리고 상대적으로 수준이 부족한 학생은 얻어갈 수 있는 내용이 많고, 수준이 우수한 학생 또한 조원들에게 도움을 주며 본인의 학습 내용을 보다 체계적으로 정리할 수 있다. 글쓰기 초반 과정의 아이디어 생성 및 구조화 작업을 비교적 수월하게 진행할 수 있게된다 나아가 학습 의욕과 학습 능력을 능동적으로 고취하고, 스스로 각자의 강점을 발휘하여 서로의 강점을 배울 수 있는 시간이 된다. 협력 글쓰기를 통해 동료와 자신의 아이디어가 어울려 융합되고 배열되는 과정을 체험할 수 있다. 협력 글쓰기는 팀안에서 자기 역할을 찾고 최종적으로는 능동적인 의사소통 능력을 기를 수 있도록 해준다.

우리가 사는 이 사회에서 사용할 수 있는 정보가 너무나 방대해 홀로 정보를 처리하기가 어렵다. 그래서 글쓰기에도 분업이 필요하다. 실제로 연구자인 나는 매일 글쓰기를 하면서 다른 연구자들과 연구 계획서 작성, 공동논문 작성 등 협업을 하고 있다. 후에 취업을 하면 이메일 업무지시, 홈페이지 관리, 사업계획서 만들기, 보고서 작성, 제안서 작성, 보도자료를 만든다든지, 서류를 공유하는 등 지속적인 협업을 해야 한다. 이제 우리사회에서 혼자 어떠한 작업을 수행한다는 것은 너무나 어렵고 힘든 일이 되었다.

협력 글쓰기에는 다양한 방법이 있지만 이번 장에서는 가장 손쉬운 구글 드라이브 사용에 대해 설명하고자 한다. 모두가 구글 드라이브 사용해 본 적이 있을 것이다. 모두가 잘 알고 있는 구글 드라이브를 이용해서 협력 글쓰기를 해보도록 하겠다.

2. 구글 드라이브 사용 방법

1. 구글 드라이브 소개 화면

　구글 드라이브는 사진, 문서, 그림, 음성 파일, 동영상 등을 만들고, 공유하고, 보관할 수 있는 도구이다. 구글 계정을 만들면 15GB의 저장 용량이 무료로 제공된다. 또한 인터넷만 연결되어 있으면 드라이브에 있는 파일을 컴퓨터뿐 아니라 스마트폰, 태블릿에서도 사용할 수 있다. 무엇보다도 구글 드라이브의 장점은 파일이나 폴더를 다른 사람과 공유할 수 있는 클라우드 기반 협업 도구라는 것이다. 구글 계정이 없어도 공동 작업에 참여할 수 있기 때문에 협업을 위한 도구로 많이 사용되고 있다. 그럼 지금부터 구글 드라이브로 문서를 만들어 공유하는 방법을 알아보도록 하자. 구글 계정에 로그인하고 Google 드라이브로 이동 버튼을 클릭한다.

2. 내 드라이브

구글 드라이브도 내 컴퓨터 드라이브와 마찬가지로 폴더 체계를 만들 수 있다. 내 컴퓨터 폴더 관리를 하듯이 구글 드라이브도 폴더 체계를 만들고 관리하면 매우 유용하다.

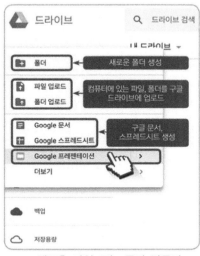

3. 새로운 파일 또는 폴더 만들기

컴퓨터에 있는 파일을 구글 드라이브에 올리는 것은 아주 간단하다. 동그란 원안에 파일을 드래그하여 올려놓으면 된다. 새로 만들기 버튼을 클릭하면 새로운 폴더를 만들거나 파일 또는 폴더를 업로드 할 수가 있다. Google 문서를 클릭하면 MS 워드와 유사한 문서를 만들 수 있고, Google 스프레드시트를 클릭하면 엑셀과 유사한 문서를 만들 수 있다. 발표 자료로 많이 사용되는 Google 프레젠테이션을 클릭하면 파워포인트와 유사한 문서를 만들 수 있다. 이렇게 만들어진 파일은 MS 워드, 엑셀, 파워포인트 파일로 다운로드 할 수도 있다. 그럼 Google 프레젠테이션 문서에 조원들이 동시에 접속하여 작업하는 방법을 알아보도록 하자.

4. 새로운 Google 프리젠테이션 생성

우선 Google 프레젠테이션 문서를 만들어야 한다. 우측 상단에 있는 공유 버튼을 클릭하면 다른 사용자와 공유할 수 있는 팝업창이 뜨게 된다. 구글 드라이브에서 공유하는 방법은 크게 3가지 형태가 있다.

문서를 수정할 수 있는 권한을 주는 것, 문서 내 댓글로 의견을 게재할 수 있는 권한을 주는 것, 문서를 수정하거나 댓글을 달 수 없지만 볼 수 있는 권한을 주는 것이다. 그리고 이러한 권한을 주는 방법은 특정 사용자만 초대하는 것과 불특정 사용자에게 링크를 통해 주는 방법 2가지가 있다.

5. 다른 사용자와 공유

구글에 로그인을 하지 않은 사용자에게 수정, 댓글 작성, 보기 권한을 주려면 공유 가능한 링크 가져오기를 클릭해야 한다. 구글에 로그인하지 않고 협업을 할 수 있게 하려면 미리 문서를 만들어 놓고, 공유 가능한 링크 가져오기를 클릭하여 해당 링크 접속자에게 수정 권한을 주어야 한다. 이럴 경우 익명으로 문서를 작성하기 때문에 누가 테마를 바꾸고, 다른 친구가 작업한 내용을 허락 없이 수정했는지 확인하기 어렵다. 그렇기때문에 익명 활동을 하기 전에 서로 공동의 이익을 위해 장난을 치거나 이기적인 행동을 하지 않겠다는 약속을 하고, 지킬 수 있는 분위기를 조성해야 한다. 이번에는 특정한 사용자에게 권한을 주는 방법이다. 특정 사용자에게 권한을 주기 위해서는 사용자 입력란에 이메일 주소를 입력하고 우측 연필 모양 리스트 메뉴를 클릭해서 해당 사용자의 권한을 선택해 주면 된다. 이렇게 이메일

주소를 입력하여 권한을 공유한 후 이메일 알림 보내기를 체크하면 해당 사용자에게 이메일이 전송된다. 이메일 내에 프레젠테이션 열기 버튼을 클릭하면 해당 문서 편집 창으로 이동할 수 있다.

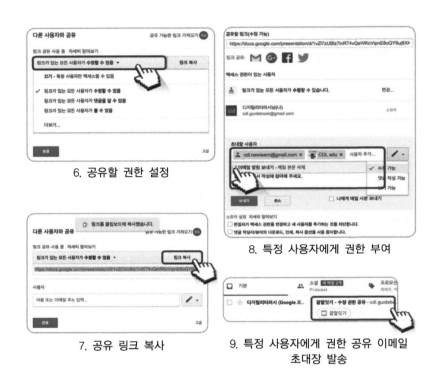

6. 공유할 권한 설정

8. 특정 사용자에게 권한 부여

7. 공유 링크 복사

9. 특정 사용자에게 권한 공유 이메일 초대장 발송

이메일 알림 보내기를 체크하지 않은 경우에는 별도의 이메일이 전송되지 않는다. 이럴 때는 구글 드라이브 공유 문서함을 클릭하면 된다. 공유 문서함에서는 다른 사용자가 나에게 공유한 문서를 한눈에 확인할 수 있다. 클라우드를 경험하기 위해 익명의 사용자가 작성할 수 있는 Google 프레젠테이션을 만들어 공유해 보도록 하겠다. 익명의 햄스터, 익명의 여우, 익명의 라이거 등 사용자마다 별명이 주어지고, 해당 별명으로 활동하는 것을 실시간으로 확인할 수 있다. 이렇게 하나의 문서에 모두 접속해서 끝말잇기를 할 수 있다.

10. 이메일 초대장을 통한 프리젠테이션 열기

11. 공유 문서함에서 공유 문서 확인

12. 익명의 사용자들의 동시 접속 문서

13. 구글 계정으로 로그인 한 사용자들의 동시 접속 문서

구글 계정에 로그인을 하고 공동 문서 작업을 하면 누가 어떤 작업을 했는지 확인할 수 있다. 말풍선 모양의 아이콘을 클릭한 후 +댓글 버튼을 클릭하면 자신의 의견을 댓글로 작성할 수 있다. 댓글 기능을 이용하면 선생님이 학생들의 작업 내용에 관한 의견을 전달할 수 있다. 한 사람이 문서를 작성하되 여러 사람의 의견을 수렴하고 싶을 경우 의견이 필요한 사람에게 댓글 작성 권한만 주면 가능하다.

14. 댓글 확인 및 추가

15. 댓글 작성

출처 : 디지털요다, 『협업을 위한 도구 구글 드라이브』, 2019.11.9.

학습활동

1 우리가 원하는 삶·사회를 주제로 협력 글쓰기를 해보도록 하자.

08 말하기와 3분 스피치

1. 말하기의 두려움

　말하기는 그 사람을 반영하는 거울이다. 말하기에서는 말하는 사람의 모든 것이 그대로 드러난다. 즉 그의 신념과 철학, 지적 능력, 그리고 마음의 상태가 고스란히 드러난다. 말하기는 사고와 판단 능력을 자극하고, 자신의 언어로 표현하고 타인과 소통하는 삶의 주체로서 정체성을 확립하는 역할을 한다. 우리는 살아가면서 수없이 많은 말하기의 상황에 놓였다. 지금도 그렇다. 대학에서 공부하는 동안 발표의 기회는 계속해서 돌아올 것이다. 취직을 위한 면접에서도 말하기는 필수이다. 직장에 가면 길고 짧은 발표, 수많은 프레젠테이션과 공식적 발언이 필요한 상황이 펼쳐질 것이다.

　의사소통이 절대적으로 필요한 이유는 인간은 공동체 속에서 더불어 살아가는 존재이기 때문이다. 인간과 인간의 대화 그 말하기 상황에서 원활하고 성공적인 소통을 하기 위해서는 본인이 얼마나 말하기를 잘했는가가 아니라 그 의사소통 상황을 얼마나 잘 이해하고 있는가에 달렸다. 우리는 누군가의 말에서 세 가지를 알 수 있다.

　첫째, 말하는 사람의 지적 능력을 알 수 있다. 사람은 언어를 통해 추상적인 사고를 할 수 있다. 사고와 언어는 불가분의 관계이다. 말하기는 생각의 결과가 밖으로 발화되어 표현되는 것이다.

둘째, 말하는 사람의 생활 태도를 알 수 있다. 사람들은 말을 하면서 억양과 말투 등을 바꾸고 다양한 표정을 짓게 된다. 말하는 사람의 비언어적 표현을 통해 말하는 이의 습관, 성격, 심리 등을 알 수 있다.

셋째, 말하는 사람의 가치관을 알 수 있다. 대체로 의미있는 내용을 말하는 사람은 자신만의 철학이나 신념을 가지고 있다. 가끔 식견이 짧거나 전문 지식이 부족한 경우는 말하는 사람의 내용에 공감하거나 이해하기 어려운 경우가 있다.

지금도 우리는 학교에서 아이디어나 자신의 생각을 발표할 때, 행사에서 업무를 전달하는 일, 취업을 위해 면접을 보는 경우, 마음속의 감정을 소통하는 상황에서 무엇보다 강력한 의사소통의 도구인 말하기 기술의 중요성을 더욱 느끼고 있다.

2. 스피치의 의미와 준비

스피치(speech)란 개인이 가진 콘텐츠를 잘 표현함으로써 다른 사람을 설득하는 작업으로 소통의 한 부분이다. 즉, 상대방의 입장에서 상대방의 언어로 이야기하는 것으로 상대방과의 커뮤니케이션(communi-cation)을 의미한다. 말을 잘한다고 해서 소통이 잘 되는 것은 아니다. 진정한 소통은 상대방과의 활발한 커뮤니케이션을 통해 자신의 생각과 의사가 제대로 전달되어 그들을 설득하여 변화시킬 수 있을 때 이루어진다고 말할 수 있다. 효과적인 스피치를 위해서는 먼저 청중과의 공감대를 형성해야 한다. 좋은 말보다는 상황과 분위기, 그리고 청중의 기호를 파악하여 상호 피드백을 통해 양방향 커뮤니케이션을 가능하게 하는 것이 스피치의 첫 번째 중요한 부분이다.

또한 서사 구조를 가진 이야기를 스피치 속에 담아 이야기하듯 자연스럽게 말하는 것도 중요하다. 특히 스피치의 서두에 흥미로운 이야기를 배치하여 청중의 집중을 이끌어내서 자신의 논리를 자연스럽게 전개하는 것이 그 어떤 방법보다도 효과적이다. 그러나 무엇보다도 스피치의 목적이 상대방을 설득하는 것이라면 그들의 언어와 생각을 먼저 정확하게 이해할 수 있어야 한다. 자신의 이야기에 앞서 상대방의 말을 진지하게 경청하는 자세가 필요하며, 맞춤형 질문이나 피드백을 통해 상대방의 입장과 감정을 공감할 수 있어야 한다. 스피치를 하면서 자신의 경험담을 공유함으로써 적절히 자기를 노출하는 것은 상대방을 설득하는 데 효과적이다. 그러나 자기 노출을 통한 의사소통의 핵심은 상대방의 반응을 살피면서 적당한 수위를 조절해야 한다는 점이다. 마지막으로 스피치를 효과적으로 전달하기 위해서는 사전에 철저하게 준비하여 발표에 대한 두려움을 극복해야 한다. 아무리 스피치를 잘하는 사람이라도 많은 사람들 앞에서 연설하기 전에는 두렵기 마련이다. 다만 그들은 충분한 자신감이 생길 때까지 준비를 철저히 한다는 점을 기억해야 한다.

스피치 능력을 향상시키기 위해서는 먼저 스피치의 구성 요인들을 파악해야 한다. 스피치를 구성하는 요인은 크게 언어적, 비언어적 요인으로 구분할 수 있는데, 언어적 요인으로 음성적 요인(발성, 호흡, 발음, 음색), 유사언어(목소리의 속도·톤·억양), 그리고 전달하려는 메시지의 콘텐츠 요인(논리성, 적시성, 표현성)이 포함된다. 복식호흡 훈련을 통해 올바른 발성과 호흡을 연습하고, 정확한 발음과 듣기 좋은 음색을 내도록 노력한다면 신뢰감과 전달력을 높여주는 좋은 목소리를 만들 수 있다. 또한 목소리의 속도나 톤, 억양 등에 리듬감 있는 변화를 준다면 재미있는 스피치가 될 수 있다.

스피치에서 무엇보다도 콘텐츠가 가장 중요하다. 양질의 콘텐츠를 만들기 위해서는 구체적인 예시나 예증을 통해 전달하고자 하는 메시지를 상대방의 입장에서 간결하고 논리적으로 말해야 한다. 적재적소에 효과적인 말을 하는 것도 중요하며, 키워드를 중심으로 감정적·유머적 소구를 적절히 사용한다면 스피치의 효과를 높일 수 있다.

한편 비언어적 요인에는 외형적 요인(외모, 외형), 몸짓언어(제스처, 자세, 표정), 공간언어(무의식적 자기태도)가 포함된다. 이러한 요인들은 스피치를 보완하는 역할을 한다. 신뢰감 있는 외모와 상황에 적합한 차림새, 적절한 제스처, 바른 자세, 풍부한 표정, 눈 맞춤 등은 스피치를 한층 더 빛나게 한다. 결국 우리가 스피치를 통해 궁극적으로 얻고자 하는 것은 공신력(credibility)이다. 공신력은 화자의 전문성(능력, 자질, 지식, 경험), 신뢰성(인격, 도덕성), 역동성(열정, 유머 감각)에 근거하여 청자의 판단에 의해 형성되는 것이기 때문에 각각의 요소를 집중적으로 말을 잘하면 성공적인 사회생활을 할 수 있고, 어려운 관계도 원만하게 풀어갈 수 있다. 또한 자신이 원하는 바를 사람들에게 올바르게 전달하고 설득할 수 있기 때문에 큰 사회적 영향력을 가질 수 있고, 높은 수준의 성취를 이룰 수 있다. 그런데 이런 말하기의 중요성에도 불구하고 말을 잘하기 위해서 노력하는 사람들은 의외로 많지 않다.

말하기를 잘하는 방법은 생각보다 간단하다. 그것은 '준비와 연습'이다.

아무 준비 없이 즉석에서 말하기를 해야 하는 경우는 많지 않다. 대부분의 말하기는 사전에 준비하고 연습할 시간이 있다. 따라서 주어진 상황에 맞게 내용을 미리 만들고, 그것을 스스로 소화할 수 있도록 연습하면 된다.

'준비와 연습'을 열심히 한후 말하기에 도전해 보자. 청중들이 나의 생각과 의견에 공감하는 눈빛을 보내주며 고개를 끄덕이는 주는 흥미로운 경험을 하게 될 것이다. 이러한 경험을 한 번 하게 되면 말하기에서 자신감을 얻게 되고 열심히 준비와 연습을 하게 될 것이다.

3. 스피치의 요소

심리학자 앨버트 메라비안(Albert Mehrabian)의 연구에 따르면, 말하는 사람이 전하려는 메세지에 언어적 표현과 비언어적 표현 중 비언어적 표현이 훨씬 큰 영향을 미친다고 한다. 듣는 사람은 말하는 사람의 청각적인 부분, 즉 목소리로부터 38%, 표정 태도 몸짓 등 시각적인 부분으로부터 55%의 영향을 받는데, 이 두 가지 비언어적인 영향력을 제외하면 언어적인 부분은 전체 대화의 영향력에서 7%만을 차지한다는 결론에 이르는데, 이를 '메라비안의 법칙'(The rule of Mehrabian)이라 한다. 스피치 요소 중 자세, 시선, 목소리는 말하는 사람의 전달력과 리더십을 강조하는 중요한 요소로 작용한다.

1) 자세

자세는 곧고 바르게 하되, 경직되지 않도록 한다. 팔은 자연스럽게 내리는 자세가 좋다. 스피치에 힘을 실어주거나 몰입을 시킬 수 있는 적절한 제스처를 사용하는 것이다. 다만, 너무 빈번하게 사용하거나 상황에 맞지 않는 제스처를 사용하는 것은 되도록 자제해야 한다.

2) 시선

시선은 청중과의 연결을 하는 중요한 요소이다.

청중의 각 구성원과 직접적으로 시선을 맞추면 그들과의 연결이 강화된다. 시선은 최대한 모든 청중 구성원에게 일정한 주의를 기울여야 한다. 한 곳만 쳐다보지 않도록 주의해야 한다. 청중의 반응에 따라 시선의 방향을 조절할 수 있다. 예를 들어, 중요한 내용을 전달할 때는 청중 전체에게 시선을 분산시키는 것이 좋다. 청중 자리에 가상의 'Z'자나 'W'자가 있다고 그리며 시선을 오가도록 하면 올바른 시선을 갖을 수 있다.

3) 목소리

목소리는 스피치의 핵심 요소 중 하나이다. 스피치는 단순한 정보 전달 수단이 아니라 청중과의 감정적 연결을 형성하고, 메시지의 강도와 효과를 높이는 수단이다. 이러한 과정에서 목소리는 말의 내용 뿐만 아니라, 말하는 사람의 감정, 성격, 태도 등 많은 부가 정보를 전달하는 중요한 역할을 한다.

목소리의 톤(Tone)은 스피치의 감정적 색채를 결정한다. 예를 들어, 따뜻한 톤은 친근감을, 날카로운 톤은 경계를 가져온다. 톤은 상황, 대상, 그리고 메시지의 내용에 따라 조절될 수 있어야 한다. 높낮이(Pitch)는 강조하고자 하는 부분을 부각시키거나, 문장의 끝을 나타내는 등의 역할을 한다. 지나치게 단조로운 높낮이는 청중에게 지루함을 줄 수 있다.

강도(Strength)는 스피치의 활력을 나타낸다. 강한 목소리는 확신과 자신감을 표현하며, 부드러운 목소리는 공감이나 위로를 전달할 수 있다. 속도(Rate)는 메시지의 중요성이나 긴박감을 표현할 때 중요하다. 빠른 속도는 긴박감을, 느린 속도는 중요한 포인트를 강조할 때 사용된다. 정확한 발음과 적절한 간격은 메시지를 정확하게 전달하는 데 중요하다. 호흡은 목소리의 품질과 지속성에 큰 영향을 미친다. 깊고 규칙적인 호흡은 목소리를 안정적으로 유지하고 스피치의 흐름을 자연스럽게 만든다.

4. 3분 스피치의 준비와 연습

그러면 이제 스피치를 준비해보자. 개인 스피치를 준비할 때 필요한 다음의 세 가지를 잘 생각하여 스피치에 대비한다면 생각보다 좋은 화자가 될 수 있다.

1) 스피치 준비의 1원칙 '주제 유익성'

스피치의 목적은 대중에게 정보를 전달하거나 설득하는 것이기 때문에, 주제의 유익성은 매우 중요하다. 주제가 유익하다는 것은 그것이 청중에게 가치 있고 의미 있는 정보나 통찰력을 제공한다는 것을 설명한다. 주제에 대한 깊은 연구와 분석은 청중에게 다양한 정보와 이해를 제공할 수 있다. 이를 통해 청중의 신뢰를 얻을 수 있다.

주제의 범위는 너무 넓거나 한정되지 않아야 한다. 너무 넓은 주제는 청중에게 깊은 통찰을 제공하기 어렵다. 반면, 좁은 주제는 청중의 관심을 끌기 어렵다. 주제는 기존의 많이 다루어진 주제보다는 새로운 시각이나 관점을 제시하는 주제가 청중에게 더 유익할 수 있다.

2) 스피치 준비의 2원칙 '청중 적합성'

스피치에서 우선적으로 고려해야 하는 것은 청중이다. 청중의 관심과 필요에 부합하는 주제를 선정해야 한다. 스피치는 단순히 발표자의 생각이나 경험을 전달하는 것만이 아니라 청중에게 유익한 정보나 지식을 제공하는 것이다. 청중이 현재 겪고 있는 문제나 관심사에 대한 주제는 스피치에 더욱 공감할 수 있다. 예를 들어, 현재 사회의 쟁점이나 문제에 대한 주제를 설정하면 청중의 주목을 받기 쉽다.

청중이 어떤 정보와 지식을 원하는지, 그리고 어떤 문제와 관심사를 가지고 있는지를 파악하고, 그것에 부합하는 주제를 선정하는 것이 중요하다. 청중이 주제에 대해 얼마나 알고 있는지를 고려하여 스피치의 난이도와 깊이를 조절해야 한다. 너무 전문적이거나 어려운 내용은 청중의 관심을 잃게 만들 수 있다.

3) 스피치 준비의 3원칙 '자신만의 이야기'

스피치는 자신만의 경험을 담은 이야기, 그대로 나를 표현하는 스피치 스타일을 선보였을 때 다시 말해 있는 그대로의 나를 제대로 보여줄 때 가장 효과를 얻을 수 있다. 이를 통해 사람들에게 강한 공감을 이끌어내고 사람들의 마음을 움직여, 결국 대중으로부터 큰 호응을 얻을 수 있다. 오로지 자신의 이야기가 청중에게 감동을 준다. 스티브 잡스(Steve Jobs) 역시 자신의 이야기를 진솔하게 전달함으로써 청중의 공감을 자아내는 것으로 유명하다. 스티브 잡스가 자신의 일생을 스토리로 엮어낸 스탠퍼드 대학에서의 연설은 스티브 잡스를 새롭게 인식키기에 충분했다.

> 서른 살에 저는 애플에서 쫓겨났습니다. 그것도 아주 공개적으로 말이죠. 줄곧 제 성년기 인생의 구심점 역할을 했던 대상이 사라져버리자 정말 참담한 심정이었습니다. 저는 몇 달 동안 어떻게 해야 할지 종잡을 수 없었습니다. 제가 선배 기업인들을 실망시켰다는 생각이 들었습니다. 계주에서 앞서 달렸던 주자가 제 손에 쥐여준 바통을 놓친 것처럼 말입니다.
>
> 하지만 뭔가가 제 머릿속에 떠올랐습니다. 제가 하던 일을 여전히 사랑하고 있다는 자각이었습니다. 애플에서 겪었던 그 어떤 사건도 그 사실에는 전혀 영향을 주지 못했습니다. 비록 해고됐지만 전 여전히 사랑에 빠져 있었던 겁니다. 그래서 저는 다시 시작해보기로 했습니다. 그때는 몰랐지만 나중에 생각해보니 애플에서 해고된 것은 제 인생에서 최고의 사건이었습니다. 모든 것이 불확실한 초심자의 마음으로 돌아가니 성공에 대한 부담감은 후련함으로 바뀌었습니다. 그로 인한 자유로움 속에서 저는 인생에서 가장 창의력이 넘치는 시기를 맞이하게 되었습니다.

애플은 어떻게 세계 기업 가치 1위의 회사가 되었을까? 사람들은 애플을 단지 사용하는 것이 아니라 왜 사랑하는 것일까? 그 이유 중 하나는 애플이 스티브 잡스의 살아 있는 STORY로 만들어진 기업이기 때문이다.

나의 정체성, 나만의 이야기를 담아 대통령까지 당선된 오바마도 있다. 무명 정치 신인이었던 오바마도 2004년 전당대회 연설을 통해 일약 세계적인 정치 스타가 되었고, 2008년에는 미합중국 대통령에 당선되었다. 당시 오바마의 연설 중 일부이다.

저의 아버지는 케냐의 작은 마을에서 나고 자란 유학생이었습니다. 아버지는 염소를 치면서 자랐고, 양철 지붕 판잣집에서 학교를 다녔습니다. 아버지의 아버지, 그러니까 저의 할아버지는 영국인 가정에서 요리사로 일했습니다. 하지만 할아버지는 자신의 아들에 대해서만큼은 더 큰 꿈을 품었습니다. 그리고 아버지는 노력과 인내 끝에 마법과도 같은 곳에서 공부할 수 있는 장학금을 받았습니다. 그곳이 바로 미국이었습니다. 미국은 아버지 이전의 수많은 이민자에게도 자유와 기회의 빛을 비춰온 등대와도 같았습니다. 미국에서 공부하는 동안 아버지는 어머니를 만났습니다.

어머니는 아버지의 고향으로부터 지구 반대 편에 위치한 미국 캔자스에서 태어났습니다. 어머니의 아버지는 대공황 시절 유전과 농장에서 일했습니다. 진주만 공격 다음날 외할아버지는 군에 입대해 패튼 장군 휘하에 들어가 유럽전선에 투입되었습니다. 미국에 남아 있던 외할머니는 아기를 키우며 폭격기 조립공장에서 일했습니다. 전쟁이 끝난 후 그들은 제대군인원호법의 지원을 받아 공부를 계속했고 연방주택관리국법을 통해 집을 장만하고 나중에는 기회를 찾아 서부로 머나먼 하와이까지 이주했습니다.

그리고 그들도 딸을 위해 더 큰 꿈을 아메리카와 유럽 두 대륙에서 함께 키운 꿈을 품고 있었습니다. 저의 부모님은 당시로는 이루기 어려운 사랑만 한 것이 아니었습니다. 그들이 이 나라의 가능성에 대한 변함없는 신념도 함께 가지고 있었습니다. 그들은 제게 버락(Barack) 즉 '축복 받은 자' 라는 뜻의 아프리카 이름을 지어주시면서 관용의 나라 미국에서는 제 이름이 성공에 걸림 돌이 되지 않으리라고 믿었습니다.

부모님은 부유하지 않았지만 제가 이 땅에서 최고의 학교에 갈 수 있으리라는 꿈을 버리지 않았습니다. 왜냐하면 관대한 미국에서는 돈이 많지 않아도 자기 능력을 맘껏 발휘 할 수 있기 때문입니다.

지금은 두 분 모두 돌아가셨지만 오늘 밤 저를 내려다보시며 매우 자랑스러워하실 것입니다. 그리고 제가 물려받은(흑백혼혈이라는) 다양성에 감사하는 마음으로 오늘 밤 이 자리에 선 저는 부모님의 꿈이 저의 소중한 두 딸에게로 계속 이어져 나가고 있음을 알고 있습니다.

저는 이 자리에 서서 제 이야기가 더 큰 미국 이야기의 일부이며 저는 저보다 앞서 태어난 모든 분들께 빚을 지고 있고 그리고 미국을 제외한 지구상 다른 어떤 나라에서도 저의 이야기는 상상조차 할 수 없는 이야기라는 사실을 잘 알고 있습니다.

오바마 역시 케냐 출신 유학생이던 아버지, 그리고 백인 가정에서 요리사로 일했던 할아버지 등 자신과 가족 이야기를 통해 미국 흑인의 이민사를 펼쳐놓음으로써 국민의 뜨거운 관심과 전폭적인 지지를 이끌어냈다.

민주주의의 과업은 늘 어려웠습니다. 논쟁의 여지가 있습니다. 때로는 피가 흐르기도 했습니다. 앞으로 두 걸음 나아갈 때마다, 한 걸음 물러서는 느낌을 받아야 했습니다. 그러나 미국의 오랜 세월은 전진 운동으로 정의됐습니다. … 하지만 기억하십시오. 이 모든 일이 혼자서는 가능하지 않다는 것을 말입니다. 이 모든 것은 우리의 참여에 달려 있습니다. 우리 각자가 권력의 추가 어느 방향으로 흔들리는지와 상관없이 시민으로서의 책임을 받아들이는 것 말입니다. … 우리의 헌법은 기념비적이고 아름다운 선물입니다. 그러나 사실 그건 양피지 조각에 불과하지요. 그 자체로서는 아무 힘도 없습니다. 우리 국민들이 힘을 부여하는 겁니다. 참여, 우리가 만들어가는 선택, 우리가 조직하는 동맹을 통해서 말입니다.

8년간 국민들과 희로애락을 함께 한 대통령 오바마의 고별연설은 취임 당시의 명연설과 수미쌍관을 이룬다. 청중은 처음처럼 마지막에도 열광했다.

　　개인 스피치를 할 수 있는 주제들은 다음과 같다.

☞ 스피치 연습 주제
　1. 나를 성장하게 해준 친구
　2. 용기를 냈던 경험
　3. 가장 부러운 사람
　4. 멘토로 삼고 싶은 사람
　5. 되돌리고 싶은 순간
　6. 나만의 특별한 기억 한 장면
　7. 친구들에게 소개하고 싶은 영화, 드라마
　8. 친구들에게 소개하고 싶은 책
　9. 친구들에게 소개하고 싶은 웹툰
　10. 친구들에게 소개하고 싶은 공연, 전시회

4) 스피치의 종류

(1) 정보 전달형 스피치(Information Delivery Speech)

　　정보 전달형 스피치란, 강의, 업무보고, 설명, 안내 등과 같이 지식이나 정보를 제공하기 위한 스피치 유형이다. 대체로 프레젠테이션 형식을 띄고 있으며, 연사가 수집한 정보나 조사 내용을 바탕으로 진행된다. '정보 전달형 스피치'를 준비하고 있다면 우선, 준비한 내용이 정확한 정보로 이루어져 있는지를 점검해야 한다. 그리고 낡은 정보가 아닌지를 재차 확인하여 신선하면서도 꼭 필요한 최신 정보를 담도록 한다.

그 다음은 준비된 내용을 바탕으로 알기 쉽고 명쾌하게 전달될 수 있도록 시각 보조 자료를 제작한다. 이때, 시각 보조 자료는 청중에게 눈에 잘 띄면서 핵심 내용이 잘 전달될 수 있도록 깔끔하게 배열하고 색상에도 신경을 쓰도록 해야 한다. 어려운 내용은 쉽게 풀어서 설명하고, 용어의 정의나 뜻을 얘기할 때는 사실 그대로를 전달하도록 한다.

또한, 주장이나 핵심 내용을 설명하는 단계에서는 적절한 사례를 들어가며 지루하지 않고, 공감할 수 있도록 해야 한다. 청중에게 데이터와 논리적인 분석을 위주로 하고, 공감 할 수 있는 예시나 스토리 위주의 예화로 전달해야 한다.

(2) 설득형 스피치(Persuasion Speech)

설득형 스피치란, 청중의 생각이나 태도, 행동을 변화시키려는 목적의 스피치 유형을 말한다. 설득은 둘 이상의 견해가 공존하는 상황에서 발행하게 되는 심리적 과정이다. 청중을 집중시킬 수 있는 목소리와 제스처를 기반으로 해서 말이다. 청중이 화두에 경청할 수 있게 되었다면, 그 다음은 입증자료를 토대로 논거와 사례를 들어가며 납득시킬 수 있어야 한다. 무엇보다 청중에게 연설의 유익을 강조하고 구체적으로 어떤 이득이 있는지를 설명해야 한다. 그리고 연사가 청중을 설득하려는 하는 이유에 대해서도 공감할 수 있는 스토리가 필요하다. 의식변화를 목적으로 하는 연설이라면, 이성과 감성을 골고루 충족할 수 있는 내용으로 구성하고 마지막 부분에서는 감동을 느낄 수 있어야 한다. 세일즈의 경우라면 논리와 열정으로 청중을 납득시키고, 마음을 움직일 수 있는 결정적인 결과물을 준비해야 한다.

이 밖에도 설득형 스피치는 정치 연설, 소견 발표, 시위, 세일즈, 협상 등에서 볼 수 있다. 설득에는 반드시 납득할 수 있는 이유가 있어야 하고, 청중의 유익을 전제로 준비해야 한다.

5) 스피치 OPSSC법칙

스피치의 방향성을 맞게 하기 위해서는 설계도가 필요하다. 가장 보편적이만 그만큼 가장 중요한 OPSSC 법칙에 대해 알아보도록 하자. 스피치맵을 그릴 때에 가장 많이 활용되는 것 중에 하나이다.

(1) 'O'는 Opening (시작하기)

오프닝을 하기위해 가장 중요한 것은 청중을 집중시켜야 하는 것이다. 이를 통해 청중은 오프닝을 집중할 수 있다. 또한 화자의 스피치 목적을 짐작할수 있다. 그렇기 때문에 스피치에서 두괄식은 매우 중요하다. 스피치 주제에 대해서 분명해지는 만큼 들어야 하는 목적이 분명해진다. 이는 청중에게 몰입도를 높여주는 계기가 될 수 있다.

(2) 'P'는 Preview (예고하기)

청중에게 스피치에서 말할 내용을 예고편처럼 알려주어야 한다. 이는 본론에 대한 기대를 할 수 있는 과정이다. 예고는 스피치에 대한 흥미도를 높여준다. 예고하기는 주제, 시간, 목적 등을 담으면 좋다. 스피치에 분명한 목적과 계획이 있다는 점에서 청중에게 훨씬 더 신뢰감과 정확성을 줄 수 있다.

(3) 'S'는 Storytelling (전개하기)

스토리텔링을 통해서 본론의 스피치에 대한 흥미를 끌어올려야 한다. 이는 앞서 예고한 것에 대한 근거를 제시한 것이므로 스피치를 하는 사람에 대한 신뢰와 믿음을 줄 수 있다. 스토리텔링을 할 때는 반드시 현실적인 상황, 그리고 청중의 관심 분석, 성향 등을 고려해서 스토리텔링 콘텐츠를 선택해야한다.

(4) 'S'는 Summary (요약하기)

스토리텔링을 한 이후에는 반드시 청중이 기억 할 수 있도록 본론을 정리해주어야 한다. 여기에서는 요약하는 실력이 필요하다. '요약하기'는 반드시 본론을 요약하고 결론으로 넘어가야한다.

(5) 'C'는 Closing (마무리하기)

청중들이 행동의 변화를 할 수 있도록 도와주는 단계이다. 짧고 강력한 마무리를 스피치로 선보여야 한다. 짧고 강한 메시지는 청중에게 여운을 줄 수 있다.

스피치맵 작성하기

	핵심 단어	내용
제목		
Opening 시작		
Preview 예고		
Storytelling 전개		
Summary 요약		
Closing 마무리		

09 보고서 작성하기

보고서란 연구, 조사, 실험, 답사, 행사 등의 과정이나 결과를 다른 사람에게 일정한 양식에 맞추어 전달하는 글로서 논문의 일종이다. 학생들의 지적 성취나 학술적 글쓰기를 위해 작성되는 초보적인 글이므로 독창성이나 연구 중심의 글이라기보다는 '자료수집-요약-정리-결론 도출'의 초보적인 논문의 형식이다.

대학에서의 과제 보고서는 주어진 문제의 의도를 정확히 파악할 수 있는 능력, 논의의 방향성에 따라 주제와 목차를 체계적으로 설정할 수 있는 능력, 그와 관련된 양질의 자료를 수집하고 분석하는 능력, 작성자 자신의 힘으로 이와 같은 단계에 따라 한 편의 완성된 글을 작성하면서 본인의 생각을 글로 충분히 표현할 수 있는 능력을 보여주고 점검하는 데에 유효하다. 즉 대학의 과제 보고서는 대학생 스스로 연구할 수 있는 능력을 끌어올리기 위해 수행된다.

1. 과제 보고서의 구성

대학에서의 과제 보고서는 졸업 후 대학원·연구소·회사 등에서 주로 작성하게 될 학술적·전문적 글쓰기의 예비적 연습 과정이기도 하다. 과제 보고서 작성에서는 차후의 학술적·전문적 글쓰기에 대한 사전 연습과 표지, 목차, 본문(서론, 본론, 결론), 참고문헌 등의 형식을 준수하는 것이 권장된다.

1) 과제 보고서 표지

형식이 반드시 한가지로 고정되는 것은 아니다. 그러나 그 안에 기본적으로 들어가는 정보들은 다음과 같다. 작성자가 직접 지은 과제의 제목, 과목명, 담당 교수, 학과, 학번, 이름, 제출일 등을 적절한 위치에 보기 좋게 입력하면 된다.

과제 보고서의 표지는 최대한 깔끔하고 명료하게 작성하여 그 정보를 담당 교수가 금방 알 수 있게 입력해야 한다. 내가 쓴 과제 보고서의 거의 유일한 독자가 담당 교수이므로, 내가 제출한 과제 보고서의 핵심 정보 및 평가 대상에 대한 정보를 신속하게 제공해야 이후의 평가 과정에서 불필요한 문제가 생기지 않는다.

2) 과제 보고서의 제목

과제 보고서의 제목은 누구나 그 내용의 체계를 연상할 수 있게 구체적이어야 한다. 그러므로 과제 보고서의 제목은 최대한 일목요연하게 작성하도록 하자. 또한 글쓴이가 보았을 때, 아무리 고쳐도 제목이 계속해서 이상하다면 본문의 구성과 내용에 오류가 있기 때문일 수도 있다. 이러한 현상이 생기면 제목과 본문의 내용을 동시에 고려해 보자. 제목에는 본문의 핵심 주제가 담겨 있는 것인데 이것이 명료하게 써지지 않는다면 본문의 구성을 다시 점검할 필요가 있다.

3) 과제 보고서의 목차

수업의 담당 교수가 제시한 과제 보고서의 규격에 따라 과제 보고서의 표지, 과제 보고서 표지 바로 다음의 독립된 페이지, 과제 보고서 본문 첫 페이지의 서론 윗부분에 입력한다.

과제 보고서의 목차는 대개 '서론, 본론, 결론, 참고문헌'의 순서로 구성된다. 과제 보고서를 비롯한 학술적 글쓰기에서 목차는 제목과 함께 글의 첫인상을 결정하는 데에 매우 중요한 요소로 기능한다.

제목과 목차를 일목요연하게 잘 쓰면 읽는 이는 과제 보고서의 본문을 읽고 이해하는 데 큰 도움을 받을 수 있다. 심지어 본문의 내용을 잘 읽지 않더라도 제목과 목차만 보아도 본문의 내용을 충분히 알 수 있는 경우가 많다. 목차를 만들 때, 과제 보고서의 본문은 기본적으로 서론, 본론, 결론으로 구성된다.

서론과 결론은 반드시 각각 한 개의 장으로 구성해야 하며, 본론의 경우 글쓴이 자신의 연구 목표와 결과에 따라 자유롭게 구성하면 된다.

서론, 본론, 결론으로 이어지는 과제 보고서의 구성이 지나치게 제한적이라고 생각할 수 있지만, 이 방법은 오랫동안 연구자의 논리를 최대한 도출하는 방법으로 사용되었다.

〈조사 보고서의 체계〉

표지	보고서의 구별을 용이하게 하고 내용의 훼손을 방지한다. 보고서 제목, 과목명, 담당 교수명, 작성자의 정보 등을 적는다.

목차		목차의 항목이 적을 경우에는 표지에 목차를 적어도 무방하지만 대개 별도로 작성한다. 내용이 방대한 경우나 표·도표가 많을 경우에는 따로 표 목차, 도표 목차를 만들도록 한다.
서론	조사 배경 및 조사 목적	조사를 하게 된 동기 및 조사의 필요성을 진술하고 조사를 통해 얻고자 하는 결과를 적어 용도를 가늠하게 한다.
본론	조사 대상 및 조사 방법	다양한 방법 중에 보고서 작성을 위해 선정한 조사 방법 및 그 방법의 장단점을 서술한다.
	조사 항목	조사 내용이 의도에 부합하지 않더라도 조사 내용과 데이터를 인위적으로 조작해서는 안 된다.
	조사 결과	그래프나 도표 등 시각적 자료들을 이용해 진술하는 것이 효과적이다.
결론	결론	조사의 의의, 조사 결과에 대한 의의 등을 쓴다. 또 조사의 한계와 조사의 목적에 따른 보고자의 견해를 덧붙여 전망을 제시한다.
참고 자료 및 부록		보고서 작성에 참고한 자료와 문헌의 목록을 정리한다.

〈연구보고서의 체계〉

표지	보고서의 구별을 용이하게 하고 내용의 훼손을 방지한다. 보고서 제목, 과목명, 담당 교수명, 작성자의 정보, 제출일 등을 적는다.
요약문	보고서의 분량이 많은 경우 누구나 요약 부분만 읽더라도 연구의 결과를 분명히 파악할 수 있도록 일목요연하게 제시한다. 연구의 배경, 목적, 주제, 연상되는 연구 결과와 기대효과를 핵심만 간결하게 쓴다.
목차	목차의 항목이 적을 경우에는 표지에 목차를 적어도 무방하지만 대개 별도로 작성한다. 내용이 방대한 경우나 표·도표가 많을 경우에는 따로 표 목차, 도표 목차를 만들도록 한다.
서론	보고서의 주제, 주제 선정 이유. 내용 구성과 그를 위한 조사나 연구 방법, 가설 및 조사나 연구의 한계, 중요한 개념 정의, 결론의 요약 등이 포함된다.
본론	연구 주제에 대한 심층적인 논의가 이루어지는 부분으로 연구의 결론을 뒷받침하기 위한 작성자의 주제에 대한 해석과 그 해석을 뒷받침하는 근거들을 제시하여 결론의 타당성을 이끌어내야 한다.

결론	본론의 논리적 귀결이므로 본론에서 다룬 내용을 벗어나지 않는 범위에서 논의의 요약, 연구 결과의 의의와 전망, 남은 과제 등을 제시한다.
참고자료 및 부록	보고서 작성에 참고한 자료와 문헌의 목록을 정리한다. 또 본문에서 진술하기 어려운 참고자료나 조사의 데이터 등을 부록으로 첨부한다.

4) 보고서 작성 시 주의사항

① 주제를 정확히 이해하고, 과제의 성격을 파악한 후 사실과 의견을 구별해야 한다.

② 보고할 내용이나 대상, 보고의 순서나 방법을 먼저 나타내어 체계적이고 쉽게 이해할 수 있는 간결한 문장으로 표현해야 한다.

③ 수식어나 과장된 표현은 삼가고 항목별로 정리하여 명료하게 나타낸다.

④ 객관적인 관점에서 사실에 입각하여 기술한다.

⑤ 작성자의 개인감정, 선입관, 주관적 판단, 치우친 태도를 배제한다.

⑥ 정확하고 구체적으로 표현하고, 시각적인 보조 자료를 적절히 사용한다.

⑦ 목적, 기간, 내용, 방법, 인원, 지역 등의 내용들이 들어가도록 기술한다.

⑧ 참고자료와 인용 자료의 출처를 밝혀야 한다.

2. 각주 및 참고문헌 작성법

전문적인 글, 특히 논문에서는 각주와 참고문헌이 필수적으로 존재한다. 각주는 내용을 보충하거나, 그 내용과 관련한 참고문헌을 제시할 때 이용한다. 글을 쓸 때 관련 자료를 인용하는 법을 정확히 알고, 사용해야 한다. 인용은 창작자의 의견을 보호하기 위해서 출처를 명확하게 하는 것이 원칙이다.

과제나 논문에서 인용하는 이유는 자신의 견해를 뒷받침하고 강화하기 위해서이다. 인용을 잘하면 자신의 글에 설득력을 높일 수 있다. 각주란 인용을 한 페이지 하단에 그 자료의 출처를 밝혀주는 것이다. 주의 기능에 따라 참조주와 내용주로 나눌 수 있다.

참조주란 인용하거나 참고로 한 책이나 자료의 출처를 밝히기 위한 것이다. 이 참조주를 통해서 인용의 출처와 원래 주장자를 명백히 하고, 필요에 따라 독자의 확인을 가능하게 하고, 원저자에 대한 예의를 표시할 수 있게 된다. 이 참조주가 제대로 되어있지 않으면 표절, 도용의 잡음이 야기될 가능성이 있다.

내용주란 본문 중의 내용을 부연하거나, 부차적인 내용을 소개할 때 사용된다. 다시 말하면 본문 중에 삽입시키면 본문의 흐름이 단절되거나 어색해 보일 때 별도의 난을 마련하여 추가하는 것을 뜻한다. 인명, 지명 또는 전문용어를 독자의 이해를 돕기 위해서 설명한다거나 할 때 사용되는 것이다. 또는 저자의 이력이나 논문이나 글을 쓰게 된 배경, 도움 등을 밝힐 때 주로 사용되는 것이다.

(1) 단행본

작성방법	저자명, 『책이름』, 출판사, 출판연도, 면수.
예시	하경숙, 『고전문학의 탐색과 의미 읽기』, 학고방, 2022, p.28.

단행본, 즉 책 자료를 인용하는 경우 위와 같은 방식으로 각주를 표기한다. 쉼표와 마침표 및 겹낫표 등의 기호 사용에 주의하여 순서와 규칙을 정확히 지켜야 한다. 인용 면수는 'ㅇㅇ쪽' 혹은 '○○면', 'p.'등의 방식으로 표기할 수 있다. 한 쪽만 인용하는 경우 'p.수'. 여러 페이지에 걸쳐 인용하는 경우 'pp.쪽수~쪽수'로 표기한다. (p.24/ pp.33~37) 번역서의 경우에는 책 제목 바로 뒤에 번역자의 이름을 함께 작성한다.

(2) 논문

작성방법	저자명, 「논문제목」, 『학술지 제목』 권호수, 학회명, 출판연도, 인용면수.
예시	하경숙, 「「가믄장아기」에 구현된 여성인물의 형상과 특질」, 『온지논총』 48권, 온지학회, 2016, 70~71쪽. 박수밀, 「『열하일기』 백이 기사의 형상화 방식과 쓰기 전략」, 『동방한문학』 90권, 동방한문학회, 2022, 253쪽.

논문은 학술지 논문과 학위 논문으로 나눌 수 있다. 전공 분야의 전문성을 지닌 학자들이 모여 글을 싣고 발행하는 학술지의 논문을 인용하여 활용하는 경우 다음과 같은 방식으로 출처를 표기해준다.

학위 논문의 경우, 해당 학위명과 학위를 수여한 대학의 이름을 함께 써야 한다.

작성방법	저자명, 「논문제목」,학교 학과 학위, 출판연도, 인용 면수.
예시	홍길동, 「고전문학에 나타난 생태적 양상」, 한국대학교 국어국문학과 박사학위논문, 2022, 36쪽.

(3) 신문, 잡지

작성방법	저자명, 「글 제목」, 『신문, 잡지명』, 게재일자.
예시	하라순, 「선한 댓글문화의 필요성」, 『경숙일보』, 2022.2.22. 춘식이, 「미술관을 이용하는 방법」, 『페이퍼』, 2020.3.30.

(4) 인터넷 자료

인터넷 자료는 고정된 출판 일자가 존재하는 경우가 흔하지 않다. 수시로 기록 및 반영 일자가 바뀐다. 그러므로 인터넷 자료는 접속일자를 발행일자로 기입한다. 웹사이트의 주소도 함께 적는다.

작성방법	필자명, 「글 제목」, 『웹사이트 제목』, 웹사이트 주소, 접속일자.
예시	무지, 「우리 청년 이대로 괜찮은가」, 『문장 웹짐』, http://webzime.munjang.or.kr/archives/143757, 2022.6.26.

(5) 참고문헌 정리하는 법

참고문헌은 자기의 글에서 각주로 인용한 글의 목록을 보고서 맨 뒤에 별도의 페이지로 정리하여 첨부한다. 참고문헌의 목적은 글쓴이가 글 속에서 인용한 자료 전체의 목록을 일목요연하게 정리하여 독자에게 알려주려는 것이다. 기본 형식은 각주와 동일하며, 페이지 수만 뺀다. 참고한 자료가 여러 개일 때 필자의 가나다 순서로 제시하는 것이 원칙이다. 혹 번역되지 않은 외국 논저의 원문을 참고했을 때는 국문 참고문헌의 뒤에 한 행을 띄우고 제시한다.

연습문제

1. 필자 : 하경숙

    책제목 : 고전문학과 인물형상화

    출판년도 : 2016 출판사 : 학고방

    인용면 : 120~122

2. 필자 : 홍길순

    논문 제목 : 영화에 나타난 현대인의 불안심리 분석

    학교 학과 학위 : 한국대학교 영화학과 석사학위

    발행 연도 : 2019 인용 면수 : 45

3. 필자명 : 김라이

    기사제목 : SNS 속 가상현실의 탐구

    신문 이름 : 국문일보

    발행 날짜 : 2021년 5월 30일

4. 필자 : 무대리

    글제목 : 인류의 식량 위기를 극복하라

    웹사이트주소 : 문웹진

    접속 일자 : 2010년 11월 3일

    게재 일자 : 2009년 5월 8일

    주소 : HTTP://moon.web.okr/article/13557

1o 자기소개서 작성하기

1. 자기소개서

1) 자기소개서의 개념

자기소개서는 단순히 자기 자신을 소개하는 것이 아니다. 대부분의 경우 자기소개서를 통해 자신의 발전 가능성과 역량을 드러내며 특정한 목적을 달성할 수 있도록 하는 것이다. 즉 입사, 진학, 동아리 가입, 장학금 신청, 봉사활동 신청 등 다양한 목적을 지닌 상황 속에서 스스로 알리고 선택받기 위해 필수적으로 요구되는 문서라고 할 수 있다. 그렇기때문에 자기소개서는 대체적으로 지원서 일부분으로 널리 활용되면서 서류 심사나 면접 심사 등에서 폭넓게 쓰이기 때문에 현대사회에서 가장 중요하게 생각하는 글쓰기이다.

자기소개서는 면접의 자료가 된다. 지원자의 가치관, 지원동기, 업무에 대한 가능성 등을 보기 위해서 자기소개서를 보는 것이다. 자기소개서의 문장구성을 통해서 지원자의 태도와 역량 등을 파악할 수 있다.

자기소개서는 자신과 관련된 정보를 전달하고 이를 통해 자신이 뽑히도록 독자를 설득하는 것에 목적을 두는 글이다. 자기소개서에서 글쓰는 사람은 대체로 입사를 목표로 하고 있고, 그 글은 입사관계자가 읽게 되는 경우가 많다. 이러한 점을 고려할 때 자기소개서는 독자에게 '나'에 관한 어떤 정보를 줄 것인가. 즉 내용의 항목이 중요하다고 할 수 있다.

자기소개서의 내용 항목은 지원동기, 적·인성 적합성, 나의 경험, 향후 계획이 나타나야 한다. 적·인성 적합성은 다시 적성과 인성으로 나눌 수 있으며 적성이란 지원자의 취미나 관심 분야, 특기에 관한 것이고 인성은 성격과 가치관을 의미한다. 나의 경험 항목은 범위가 매우 넓은데 크게 해당 회사에 대한 나의 관심, 가정, 학교, 사회와 관련된 내용을 포함한다. 가정은 가족이나 가정환경, 가정교육 등을, 학교는 학습활동과 교우 관계, 동아리 활동 등이며, 사회는 지역사회에서 어떤 활동을 했는지와 관련된다. 중요한 것은 자신의 모든 성장 환경이나 경험 사항 등의 내용들이 결국 본인이 지원하는 업무의 적합성과 조직 생활을 잘 할 수 있다는 점을 잘 나타내야 한다. 조직에 잘 적응할 수 있다는 점을 자신 있게 설명해야 한다. 다시 말해 자신이 지원한 조직이나 기관에 업무 적합성이 일치하는 인재라는 것을 보여주어야 한다.

자기소개서의 내용 구성 요건으로는 하위 주제와 제재들이 자신이 업무에 인재라는 글의 주제와 일치하고 있는가, 즉 통일성을 갖추어야 한다. 다음으로는 뒷받침하고 있는 근거들이 타당하고 적절한가와 관련되는 통일성이다. 구체적으로는 자기소개서에 제시한 근거의 사실성과 구체성, 제출한 서류와의 일치 여부, 실현 가능성 등을 들 수 있다.

자기소개서의 글쓰기 방식은 일반적인 글쓰기와 다르지 않다. 지나치게 장황하지 않고 필요한 만큼의 어휘를 사용하는 경제성, 필자의 생각을 독자에게 정확하게 전달하는 명료성, 지시어나 접속어를 적절히 사용하는 응집성, 종결어미나 호칭 등이 표현의 일관성을 갖추고 있는

지, 상황에 적절한 어휘를 사용하고 있는지, 정확한 어법을 사용하고 있는지 등이 기준이 된다.

2) 자기소개서의 작성 방법

자기소개서를 작성하는 과정에서 고려해야 할 중요한 몇 가지 사항들은 다음과 같다.

(1) 지원하는 곳의 인재상을 연구한다

자기소개서는 자신이 원하는 곳에 취업을 위해 제출하는 경우가 대부분이다. 그래서 자기소개서의 작성 과정에서 가장 중요하고 우선적인 일은 바로 지원하고자 하는 기관이나 회사에서 어떤 인재를 원하고 있는가를 제대로 파악하는 것이다. 회사나 기관에서는 지원자의 자기소개서를 통해 자신들이 선발하고자 하는 분야의 담당 업무와 해당 지원자의 역량, 성격, 신념, 동기 등이 잘 나타나는지를 판단하고자 한다.

따라서 자기소개서의 목적을 달성하기 위해서는 이 글을 읽을 사람이 무엇을 원하는가를 항상 염두에 두고 쓰기를 진행해야만 하는 것이다. 자기소개서는 자신의 일대기를 나열하는 글이 아니라 쓰는 글이 아니라 입사를 목적으로 한다는 것을 기억해야 한다. 교수, 면접관, 다른 독자 등 항상 자기소개서를 읽게 될 사람들의 니즈를 분석해야 한다. 그러므로 독자가 자기소개서를 읽으면서 지원자에 대한 궁금증과 긍정적인 인식을 할 수 있도록 해야 한다. 회사에서 필요로 하는 인재를 보여주어야 하는 것이다.

(2) 자신의 이야기를 보여주어야 한다

자기소개서에서 다루는 내용은 기본적으로 구체성과 성실성을 갖추고 있어야 한다. 특히 최근 자기소개서에서는 일대기를 나열하거나 천편일률적인 내용은 지양하고, 자신만의 이야기가 담긴 일화를 곁들인 것을 선호하고 있다.

이러한 구체성을 드러내야 하는 부분은 크게 두 가지라고 할 수 있다. 우선 경험이나 성장 배경 등의 요소이다. '다양한 봉사활동 경험이 있다'만 서술하기보다는, 어떤 기관에서 무슨 활동을 했는지를 쓰며 이러한 활동을 통해 어떤 식으로 봉사 정신을 기르고 리더십을 발휘하였는가 구체적인 결과를 쓰는 것이 더욱 효과적일 것이다. 또한 본인이 지원하는 분야의 담당 업무와 관련해서도 상세히 서술을 해야한다. 그 분야에서 해당 업무를 담당하게 된다면 어떤 일을 맡게 될 것인지. 그리고 그러한 업무 성격에 맞게 지원자로서 본인이 얼마나 잘 준비가 되어있는지를 보여줄 수 있다면 좋은 결과를 얻을 수 있다. 이를 위해서는 자신이 지원하는 분야에 대해 제대로 이해하고 해당 분야의 담당 업무에 대한 충분한 사전 조사를 통한 다양한 정보를 기록해두어야 한다. 또한 그러한 여러 준비의 과정이 있어야만 성실한 자기소개서를 완성할 수 있도록 한다.

'저는 무슨 일이든 쉽게 포기하지 않습니다' 이렇게만 적어두면 확인이 어렵다. 이 말을 뒷받침해주는 근거를 반드시 작성한다.

(3) 자신있게 서술하고, 지원 목적에 맞는 장점을 부각한다

자기소개서를 작성할 때 본인의 장점과 단점을 서술해야 하는 경우가 대부분이다. 그때 어떤 식으로 자신의 장단점을 서술해야 할 지 망설이게 된다. 중요한 것은 자기소개서를 쓰는 목적을 잊지 말아야 한다는 점이다. 즉, 본인의 가능성과 역량을 잘 드러내어 원하는 직장이나 학교 등에 합격할 수 있도록 하는 가장 큰 목표를 생각해보아야 한다. 그러기 위해 중요한 것은 무엇보다 자신감 있는 태도이다. 본인의 부족한 점이나 단점을 자세히 설명하는 것이 아니라 그것을 극복하고 이겨낼 수 있는 방향과 자신감을 드러내는 것이 필요하다. 즉 어려움이나 위기를 겪은 상황 등에 대해 서술하면서도 그것을 극복해 어떤 중요한 결과를 얻고 성장할 수 있었는가에 대해 주목하여 쓰는 것이 좋다. 특히 본인이 지원하고자 하는 직장이나 학교에서 요구하는 업무나 작업에 도움이 될 수 있는 성장 및 성과에 방향을 맞추어 서술한다면 더욱 효과적이다.

(4) 오탈자나 문법 오류 등 실수를 하지 않도록 한다

자기소개서를 통해 지원자가 이력서에서 다 이야기하지 못한 자신만의 장점을 부각할 수 있는 것이 중요하다. 그런데 이때 자기소개서의 내용의 부족함뿐만 아니라, 형식적 요건 측면에서도 성실성이 결여되고 실수와 오류가 자주 발견된다면 좋은 결과로 이어지기는 어렵다. 문법에 맞지 않는 표현이나 잘못된 구성, 불필요한 군더더기 문장의 남발 등은 짧은 시간 안에 본인의 매력을 보여주어야 하는 자기소개서의 제출 상황에서 상당히 좋지 않은 영향을 미치게 된다. 준비가 부족하고 성의가 없는 글이라는 인상을 주게 되기 때문에 이러한 실수만큼은 절대 하지 말아야 한다. 글의 내용 측면에서도 "무슨 일이든 최선을 다하겠습니다." 혹은 "열심히 노력하겠습니다."와 같은 상투적인 말들만 나열하지 않도록 성의 있는 준비가 필수적이다.[1]

---

1) 서보영, 서세림, 『창의적 사고와 글쓰기』, 태학사, 2021, 174~179.

(5) 최대한 정보를 활용해라

자기소개서에 반드시 들어갈 2가지 핵심 요소는 바로 직무역량과 기업분석내용이다. 업무를 잘 수행하기 위한 직무역량을 대학 시절 어떤 방식으로 공부하고, 이를 실습현장에서 다양한 방식으로 쌓아 왔는지를 반드시 나타나게 해야 한다. 자기소개서를 처음 작성할 때 성장과정, 성격의 장단점, 학창 시절 등의 내용은 업무와 관련된 내용을 작성한다. 업무와 관련이 없는 친구들과 있을 때의 성격의 장단점, 간호업무와 무관한 동아리 활동 등의 내용을 작성하는 경우가 있다. 이는 다소 불필요하다.

첫째, 간호사 업무에 지원하는 특성에 맞게 작성해야 한다. 간호사가 되기 위한 전공 공부를 구체적으로 어떤 과목을 어떻게 열심히 공부해서 어떤 지식을 쌓았는지 그리고 그 지식은 현장실습을 할 때 어떻게 도움이 되었는지, 병원에서 실습을 할 때 구체적으로 환자사정, 간호술기, 환자 응대 등에서 구체적으로 어떤 일화, 사례가 있었고 어떤 점을 잘했고 배웠는지 이런 내용을 아주 세밀하게 간호용어를 넣어서 작성하면 좋다.

간호사 업무는 워크넷에서 찾아볼 수도 있지만 각 기업의 채용공고 속 직무분석표를 봐도 상세히 알 수 있다. 지식 기술 태도가 정리된 자료를 보고 이와 연관된 자신의 경험, 직무역량을 드러낼 수 있는 사례가 무엇이 있을지를 고민해보면 좋다.

필요지식	(입원환자간호) 간호력의 구성내용, 낙상관리 절차, 환자별 질환에 따른 지식·정보, 간호기록의 목적, 처방종류 및 내용, 약물남용의 부작용, 검사전 처치, 검사 중 간호문제, 수술 후 합병증 관리, 응급상황의 종류, 퇴원 절차 및 퇴원 후 자가간호방법 등 (특수부서간호) 의식수준 사정법, 감염관리 지침, 수술 후 합병증 관리, 수술전 처치, 수술종류와 수술방법, 수술재료·장비 종류와 사용법, 응급상황의 종류, 단계 등 (외래간호) 검사전 처치, 간호기록 작성방법, 질병의 증상 및 간호, 약품종류 및 주의사항, 적응증, 낙상환자 관리지침, 환자의 의식수준, 재해대응 지침 등
필요기술	(입원환자간호) 관찰능력, 대인관계기술, 정보전달기술, 물품사용 및 장비조작능력, 의사소통능력, 문서작성술, 산술능력, 문제해결능력, 호흡·맥박사정기술, 정보수집기술, 처치능력, 신속한 대처·판단능력, 경구·비경구투약방법 등 (특수부서간호) 정확한 처치능력, 관찰능력, 신속한 대처능력, 처치능력, 정확한 사정 능력, 호흡·맥박사정기술, 경구·비경구 투약방법, 수술재료·장비 사용·조작능력 등 (외래간호) 대인관계기술, 정보전달기술, 의사소통능력, 관찰능력, 통합적 사고능력, 문제해결력, 물품사용 및 장비조작능력, 약품보관 및 관리방법, 정보수집기술 등
직무수행태도	포용력, 분석적 태도, 정확·체계적인 태도, 윤리적·논리적인 태도, 환자이해, 신속·명확한 태도, 약품관리의 중요성 인식, 가족이해와 지지, 관찰능력, 처치능력 등
필요자격	간호사 면허증
직업기초능력	의사소통능력, 조직이해능력, 대인관계능력, 문제해결능력, 직업윤리
참고사이트	www.ncs.go.kr

두 번째로 자기소개서에 꼭 포함될 내용은 기업분석이다. 그 이유는 그 기업에 관심이 많은 사람, 애정이 많은 사람이 입사하면 힘들고 어려운 일이 생기더라도 견디는 힘이 될 수 있다. 이러한 내용을 알고 나면 자기소개서에 쓰고 싶은 말이 자연스럽게 많아질 것이다. 이제 자기소

개서에 간호사 직무에 대한 지식과 구체적인 업무에 대한 정보를 갖춘 자기의 모습을 강조해본다. 간호사 직무에 잘 준비된 사람이라는 것을 알려야 한다.

(6) 인재상과 직무에 연관하여 서술하라

자기소개서를 읽는 사람들은 비슷한 글을 수십, 수백 장을 읽는 중이라는 사실을 명심해야 한다. 업무와 관계없는 자신의 이야기를 장황하게 서술하는 것, 천편일률적인 내용을 늘어놓는 것은 잘못된 자기소개서의 예이다. 회사의 직무에 관련된 주제 및 제목을 정하고 성장과정, 성격, 취미, 특기 분야, 지원동기를 모두 집중하여 써보자. 자기소개서 작성 전 지원하는 곳에 대한 정보 숙지는 필수적이다. 항목별 자기소개서를 서술할 때, 경험이나 활동 등 직무와 최대한 연결짓는 것이 중요하다. 연관이 없는 활동이더라도 이야기를 만다는 것을 추천한다. 기업의 인재상과 동떨어진 내용은 피해야 한다.

(7) 하나의 항목에 하나의 메시지만 전달하고 소제목을 작성한다.

자기소개서를 작성하면 하나의 질문에 너무 많은 글을 쓰게 된다. 정작 자신이 하고 싶은 말은 전혀 쓰지 못하는 경우가 많다. 자기소개서 항목을 작성하기 전에는 키워드만 정리하는 것이 좋다. 정리한 키워드에 대해 관련 내용만 작성하는 것이 좋다.

500자 이상의 자기소개서 작성 경우에는 본문의 이해를 돕기 위해 소제목을 달아야 한다. 하지만 삼성00병원이나 00대학교병원(200~300자)처럼 분량이 적으면 소제목 대신에 첫 문장을 결론식으로 써야 한다. 아래 예시를 보면 소제목 유무의 차이를 알 수 있다.

첨삭 전

    대학교 2학년 때, 계획만 세운 후 실천하지 않는 자신을 느낀 후 소지품마다 써 놓았던 문구입니다. 생각하는 대로 행동한 덕에 환자분을 보호해 드린 적이 있습니다. 3학년 여름방학에 친구와 1박 2일로 부산여행을 간 적이 있었습니다. 노인간호학 수업을 이수한 후 떠난 여행인 이유에서인지 해변가에 있는 요양병원을 눈여겨 봐두었습니다. 잠시 후 해변을 따라 걷는 중 요양병원 환자복을 입은 어르신이 알아듣지 못하는 소리를 내며 걷고 있는 모습을 발견하였습니다. 옆에서, 뒤에서 눈치채지 못하게 따라가 보았으나 정상적인 노인의 모습이 아닌 것으로 판단하여 다가가 인사를 드린 후 성함을 여쭈어 보았습니다. 저는 바로 요양병원에 전화하여 환자 명단에 이 어르신이 있는지 확인 후 해변에 나와 있다고 말씀드렸습니다. 요양병원 측에서는 환자를 내 보낸 적이 없다고 하였습니다. 저는 곧바로 어르신을 모시고 요양병원으로 가서 내원시켜드린 기억이 있습니다. 만약 제가 주저하다가 어르신을 그냥 지나쳤으면 어떤 일이 생겼을지도 모르는 일이었습니다. 주저하지 않은 선택으로 환자분의 안전을 지켜드렸습니다. 그때의 경험은 저에게 행동하는 것이 얼마나 중요한 것인가를 깨닫게 해 주었습니다.

첨삭 후

'여행지에서도 빛나는 간호사 정신'

    3학년 여름방학에 친구와 1박 2일로 부산여행을 간 적이 있었습니다. 노인간호학 수업을 이수한 후 떠난 여행이라 그런지 해변 근처에 있는 요양병원을 눈여겨보게 되었습니다. 잠시 후 해변가를 따라 걷는 중 요양병원 환자복을 입은 어르신이 알아듣지 못하는 소리를 내며 걷고 있는 모습을 발견하였습니다. 옆에서, 뒤에서 눈치채지 못하게 따라가 보았으나 정상적인 노인의 모습이 아닌 것으로 판단하여 다가가 인사를 드린 후 성함을 여쭈어 보았습니다. 저는 바로 요양병원에 전화하여 요양병원 환자 명단에 이 어르신이 있는지 확인 후 해변가에 나와 계신다고 말씀드렸습니다. 요양병원에서는 환자를 내 보낸 적이 없다고 하였습니다. 저는 곧바로 어르신을 모시고 요양병원으로 가서 내원시켜드린 기억이 있습니다. 만약 제가 주저하다가 어르신을 지나쳤으면 어떤 일이 생겼을지 모르는 일이었습니다. 주저하지 않은 선택으로 환자분의 안전을 지켜 드렸습니다. 그때의 경험을 통해 행동하는 것이 얼마나 중요한 것인가를 깨닫게 되었습니다.

(8) 5W 1H 공식

각 병원은 자기소개서를 통해 지원자가 우리 병원의 간호사로 적합한 사상과 철학, 장점이 있는지 알고자 한다. 이것은 단순한 각오나 비전만을 언급해서는 인정되지 않는다. 자기소개서에서 꼭 필요한 것은 나의 경험과 스토리이다. 그것을 통해 병원에서 원하는 인재에 적합한 간호사라고 검증받는 것이다. 검증을 위해서 꼭 언제, 어디에서, 누구와 무엇을, 왜, 어떻게 했는지에 대한 상세한 내용 설명(5W 1H)과 그 경험이 앞으로 지원하는 병원의 간호사가 되었을 때 어떤 도움이 될 수 있는지를 연결해서 마무리하면 된다.

(9) 지속적인 퇴고를 하라

자기소개서 작성에는 왕도가 없다. 미리 작성하고 나에 대해서 이야기를 발굴하는 것이 중요하다. 마감 임박해서 작성하고 제출하면 대체로 실수하게 된다. 글을 자주 써보면서 퇴고를 하는 것이 완성도가 높은 자기소개서를 작성할 수 있다.

합격하는 자기소개서의 특징

1. 직무 중심 / 사례 중심 자기소개서
2. 입사 관계자가 읽기 편한 보고서와 같은 자기소개서 (두괄식, 소제목)
3. 도표나 숫자로 표현된 자기소개서
4. 오탈자 없는 꼼꼼하고 신뢰 가는 자기소개서
5. 긍정적인 내용이 많은 자기소개서
6. 직무 관련 전문용어가 눈에 띄는 자기소개서
7. 회사에 대한 애정, 관심, 분석이 담긴 자기소개서

📝 연습문제

1 다음의 보기에서 대학 생활 중 경험할 수 있는 주요 활동들을 제시하고 있다. 본인이 직접 활동하고 싶은 내용과 함께, 어떤 성과를 얻고 싶은지 생각해보자.

1) 봉사활동:

2) 아르바이트:

3) 공모전:

4) 자격증:

5) 동아리 활동:

6) 외국어:

7) 기타:

2 다음의 항목들을 중심으로 자기소개서를 작성해 보자.

1) 지원하고 싶은 분야

2) 자기소개 항목
  ① 성장과정

  ② 학창시절

  ③ 성격

④ 장단점

⑤ 지원 분야와 관련된 경험 및 활동 사항

⑥ 지원 동기

예시) 자기소개서

제목	실력과 사랑으로 믿음을 실천하는 간호사
성장과정 및 가족사항	**믿음을 주는 간호사** 사랑으로 가득하신 부모님은 외동딸인 제가 자립심과 타인에 대한 봉사의 마음을 가질 수 있도록 전폭적인 지지와 용기를 북돋아 주셨습니다. 저는 이를 통해 학창시절 어긋나지 않고 바르게 성장할 수 있었으며 교내 방송부는 물론, 2학년 학생 부회장직을 용기 있게 수행할 수 있었습니다. 대학에서는 본격적인 간호 봉사활동을 통해 종로 홀몸 어르신, 도봉산 장애인 복지관 봉사활동은 물론 3학년 때 ○○병원 주최 간호 UCC대회에 참가하여 3위에 입상하는 등 활발한 외부활동을 이어오고 있습니다. 저는 이런 적극적이고 타인을 사랑하는 강점을 ○○○병원의 간호사로서 펼칠 준비가 되어있습니다. 스스로 새로운 간호지식을 찾아 익히고 연습하여 간호술기의 수준을 높이고, 환자들에게 먼저 다가가 친근해지며 활발한 라포 형성을 통해 환자에게 안정감을 줄 것입니다. 또한, 이런 과정을 기반으로 ○○○병원이 국민에게 신뢰받는 '환자 중심의 병원'이 되는데 일조할 것입니다.
학교생활 및 사회생활	**사랑과 봉사의 의미** 대학 1학년 때부터 대학 내 '*** 봉사단' 활동에 적극 참여하여 '○○○○원 장애인 시설'과 지역 치매 어르신 지원센터를 찾아 목욕 봉사 및 청소 봉사를 꾸준히 이어오고 있습니다. 이를 통해 이웃에 대한 사랑과 봉사의 정신을 함양하고 있으며 이는 향후 환자들을 위한 사랑의 마음으로 발현될 수 있을 것이라 생각합니다. 또한, 대학 3학년 때 참가한 국제보건역량 강화 프로그램을 통해

	베트남 해외 간호 봉사를 수행하며 언어와 국적이 다른 환자에게 어떻게 다가가서 라포를 형성하고 간호 활동을 할 수 있는지 직접 체험함으로써 향후 수요가 급증할 외국인 환자에 대한 '국제 간호 실무' 능력을 길러 왔습니다. 끝으로 활발한 대인관계와 친근함을 활용해 3학년 ○○대학교 ○○ 병원 간호 실습에서 ○○○실 장기 입원 환자들에게 먼저 다가가 친해지고 좋은 라포를 형성해 환자들의 심신에 안정을 주었습니다.
성격의 장단점	**귀를 기울이는 사람** 활발하고 상대방의 말에 먼저 귀 기울여 주는 성격으로 친구들 사이에서 상담가 역할을 해 왔으며, 특히, 모든 일에 적극적이고 환자와 라포 형성이 뛰어난 장점을 가졌습니다. 저는 이런 장점을 활용해 '○○대학교 ○○병원 성인간호실습'에서 환자들에게 먼저 다가가 친해지고, 불편한 곳은 없는지 정기적으로 체크하고 먼저 응대함으로써 환자들에게 "딸같이 잘해줘서 고맙다."는 칭찬을 받을 수 있었습니다. 또한, 꼼꼼한 성격을 통해 올바른 간호술기를 수행하고 정확한 약물계산을 해내고 있습니다. 반면 어떤 일이든 결과를 빨리 도출하고 싶어 하는 조급함이 단점으로 지적되곤 했지만 '명상'과 '뇌호흡'을 실천하며 단점을 고쳐나가고 있습니다. 저는 향후 간호 생활에서 장점을 적극적으로 활용해 환자들과 '좋은 라포'를 형성하고 정확한 간호 술기로 환자의 신뢰도를 높일 것입니다. 또한, 단점은 고쳐 여유를 가지고 결과를 기다릴 줄 아는 간호사가 되겠습니다.
경력사항 및 활동	**행복을 찾아 전하는 사람** 3학년 여름방학에 ○○병원 봉사활동을 통해 비교적 의료시설이 열악한 '거제 가조도'를 방문해 지역주민들의 무료 순회진료를 도왔습니다. 저는 협압재기, 혈당 검사와 채혈 등을 직접 담당하였고, 혈압관리를 포함한 건강수칙이 담긴 리플릿도 나누어 드렸습니다. 또한, 봉사 후 어르신들께서 쉽고 친근하게 접근하실 수 있도록 눈높이에 맞추어 설명을 해드렸으며, 그 결과 성공적으로 봉사활동을 마칠 수 있었습니다. 봉사활동을 하며 지역이 멀기도 하고 체력이 달려 많이 지칠 때도 있었지만 저의 작은 도움에 너무도 감사하며, 미소를 지으시는 어르신, 장애인을 보며 오히려 제가 더 보람을 느

	끼게 되었습니다. 또한, 이런 경험을 통해 향후 직무에서도 진실한 마음과 실무경험으로 환자들을 보살피고 치료를 넘어선 따뜻한 행복을 선사하고 싶습니다.
지원동기 및 포부	**리더를 꿈꾸는 사람** ○○병원의 간호사로서 전인 간호를 통해 지역민에게 봉사하고 역량있는 간호 활동으로 환자 회복의 중추적 역할을 수행하고 싶습니다. ○○병원은 ○○ 최고의 종합병원으로서 지난 20여년간 신개념 '양·한방 협진' 시스템과 '환자 중심'의 병원 서비스로 강남, ○○ 시민들의 병원 의료수요와 기대치를 충족시켜 왔습니다. 또한, 음지에서 소외 받는 이웃과 재해로 어려운 이웃의 의료봉사, 해외동포 무료 심장 수술 등 사회적 윤리를 실천하는 덕망 있는 병원입니다. 저는 ○○대학에서 간호학을 전공하며 ○○병원의 역량과 업적에 큰 인상을 받았습니다. 언젠가 병원의 일원으로 함께 성장하여 사회의 가장 약한 이들에게 힘이 되어 줄 수 있는 간호사로의 목표를 지니고 그 꿈을 이루기 위해 지원하게 되었습니다. 저는 향후 1년 내에 꾸준히 경험한 것을 기록하고 정확한 간호술기를 시행함으로써 환자가 신뢰할 수 있는 전문성을 갖춘 간호사가 될 것입니다. 5년 후에는 '간호부서의 리더'로 성장하여 환자를 향한 '맞춤 간호 프로그램'을 개발하고 실행함으로써 환자들에게 최고의 간호 환경을 제공 할 것입니다. 10년 후에는 효율적인 '간호프로그램'과 '전문화된 간호 역량'을 기반으로 ○○○병원이 국내를 넘어 해외 환자 유치 부문에서도 최고의 간호 환경을 갖춘 병원으로 성장하며 발전해 나가는데 중심적 역할을 할 것입니다.

Memo

Memo

Memo

Memo

Memo

Memo

Memo

Memo

Memo

Memo

Memo

Memo

Memo

Memo

Memo

/ 저자 소개 /

하경숙

문학박사. 선문대학교 교양학부 초빙교수. (사)온지학회 법인이사, (사)한국문학
과예술연구소 연구원. 영산대학교 동양문화연구원 이사, 한국시조학회 이사, 한
국언어문화학회 이사, 동아시아비교문화국제회의 이사, 동아시아고대학회 이사,
진단학회 평위원, 국제어문학회 편집위원, 퇴계학논총 편집위원, 중앙어문학회
감사. 우리 고전문학에 나타난 인물의 형상과 후대 변용을 살피는 작업에 집중
하여 연구의 스펙트럼을 지속적으로 넓히고 있다. 최근에는 고전문학이 처한
시대적 상황을 인식하고 학계에 새로운 작품을 다소 발굴하여 소개하고 있다.
2017년 세종도서 학술부문에 선정되었다. 저서로는『한국 고전시가의 후대 전승
과 변용 연구』,『네버엔딩스토리 고전시가』,『고전문학과 인물 형상화』,『대학
생을 위한 맛있는 독서토론』,『대학생을 위한 SNS글쓰기』,『고전문학의 탐색과
의미 읽기-여성 형상과 새 시가작품』,『문학으로 세상읽기』가 있고, 그 외 논문
은 다수가 있다. 대림대학교, 용인예술과학대학교에서 강의를 했고, 현재는 선문
대학교, 안산대학교, 부천대학교에서 학생들과 글쓰기로 소통하고 있다.

글쓰기-생각하기-세상읽기

초판 인쇄   2023년 9월 3일
2판 인쇄   2024년 8월 20일
2판 발행   2024년 8월 30일

저   자 | 하경숙
펴 낸 이 | 하운근
펴 낸 곳 | 學古房

주   소 | 경기도 고양시 덕양구 통일로 140 삼송테크노밸리 A동 B224
전   화 | (02)353-9908 편집부(02)356-9903
팩   스 | (02)6959-8234
홈페이지 | http://hakgobang.co.kr/
전자우편 | hakgobang@naver.com
등록번호 | 제311-1994-000001호

ISBN 979-11-6995-519-5 93800

값 : 19,000원

■ 파본은 교환해 드립니다.